König Rother

von

Paul Riedel

König Rothers

Basierend auf einer deutschen Volkssage

von

Paul Riedel

www.paul-riedel.de

Printed in Germany

Erste Auflage 2021

Bibliografische Information der Deutschen Nationalbibliothek:
Die Deutsche Nationalbibliothek verzeichnet diese Publikation in der
Deutschen Nationalbibliografie; detaillierte bibliografische Daten sind
im Internet über dnb.dnb.de abrufbar.

Herstellung und Verlag
BoD – Books on Demand, Norderstedt

ISBN: 978-3-7534-2569-6

Vorwort

Es ist immer wieder ein Abenteuer zu recherchieren, wie alte Sagen entstanden sind. Eine Mischung aus Fehlinformationen, Frauenfeindlichkeit, Homophobie und große Sehnsucht nach Erlebnissen, die teilweise über einen wirren Zeitstrahl verteilt sind, und die man mit Gefühl und Achtung lesen sollte. Immerhin waren diese Autoren auf sich allein gestellt: Wenn sie einen Fehler auf Seite vier eines achtzigseitigen Romans entdeckten, wären sie verdammt, alle diese Seiten neu zu schreiben. Wenn sie dann erneut Ungereimtheiten finden, müssen sie die ganze mühselige Arbeit wiederholen. So entstehen auch neue Romane. Im Zeitalter der Computerwelt, mit *Cut and Paste* und fertigen Vorlagen übersieht man diese Hürden vergangener Generationen leicht.

Als ich König Rother als die dritte Adaption meiner deutschen Heldensagen in meiner Bibliothek suchte, dachte ich anfangs, dass es die Geschichtsmuster bereits einmal gegeben hatte. So las ich diese Sage nochmals, um Details zu suchen, die diese Geschichte für meine Leser einzigartig macht. Strecken, die auf dem Rücken eines gesunden Rosses in drei Monaten überwunden wären, wurden in nur einem Augenblick beritten und zwanzigtägige Schiffsfahrten füllten nur drei Zeilen. Das ist für den modernen Leser nicht fesselnd genug.

Die weiblichen Charaktere, bis auf eine Zofe namens Herlinde, haben weder Namen noch Wirkung in der Geschichte. Die männlichen Charaktere, selbst wenn deren Rolle nur das Sterben in einer Zeile der Erzählung war, wurden mit Namen, Herkunft und oberflächlichen Adjektiven, Titel und Verwandtschaftsbeziehungen geschmückt. Das ist für die heutigen Leserinnen ebenfalls nicht akzeptabel.

In meinen bisherig veröffentlichten Sagen war die Jungfräulichkeit der Frau nie ein Thema. Das Gleiche trifft auf die mir bekannten deutschen Heldensagen zu. Dies deutet nach meiner Kenntnis darauf hin, dass sie von Vorzeiten zu der Bewegung des [1]Puritanismus im 16./17. Jahrhundert gehören.

Auch die vorliegende Geschichte entwickelte sich vom vierten bis zwölften Jahrhundert durch Überlieferungen. Da die politische Teilung der Länder ebenfalls etwas unklar ist, habe ich alles im einundzwanzigsten Jahrhundert angesiedelt – ganz wie meine Vorgänger dies auch praktizierten.

Hier ist Rother nicht der König der Langobarden, aber ein Boss im Hafen von Bari, der Geschäfte betreibt, über die man lieber nicht tiefer ins Detail eingeht.

---

[1] Kirchliche Bewegung mit strenger Moralvorstellung

In meiner Version findet man viele moderne Elemente wie Handys und SMS. Meine weiblichen Charaktere haben Namen und sind nicht nur passive Deko-Figuren, sondern aktiver Teil der Handlung, und klar werden LGBT-Charaktere in Szene gesetzt.

Die Landschaft wurde beinahe wie in einem Reiseführer beschrieben, da mir als Stadtführer und Künstler diese Form der Umschreibung einer Landschaft näherliegt. Referenzen zu kriminellen Organisationen oder Familienclans undefinierter Herkunft wurden nur aufgrund der erforderlichen Dramaturgie erwähnt, basieren jedoch auf keinerlei Tatsachen.

Ich wünsche Ihnen viel Spaß beim Lesen und freue mich auf Ihre Rückmeldung.

Paul Riedel

Eine Braut für Rother

Mein Name ist Berchter, wie auch mein Vater hieß. Ein sehr altmodischer Name, den es scheinbar kaum noch gibt. Heute haben sie alle Namen wie Kevin oder Justin. Ich habe sieben Söhne, und leider ist nur der Älteste, Lupold, einigermaßen an meinen Geschäften interessiert.

Wir leben in Meran, in Südtirol. Hier leben viele Deutsch sprechende Familien. Tourismus ist hier seit dem neunzehnten Jahrhundert von großer Bedeutung.

Mein ältester Sohn Lupold trägt seit seinem neunten Lebensjahr eine Brille. Ich kann mich erinnern, wie ich damals mit seiner Lehrerin sprach und sie mich beschuldigte, unachtsam mit dem Jungen zu sein, was wirklich nicht stimmt. Alle sieben sind meine Söhne, und ich bin auf jeden sehr stolz, aber ich weiß, dass jeder seine eigene Begabung hat. Niels ist ein Computerfachmann, der sich gerne in die Politik einmischt. Die Zwillinge Wigard und Fritjof sind gefährliche Akrobaten und etwas anders als ihre Brüder. Sie waren die Lieblinge meiner verstorbenen Frau. Alle Jungs haben schwarzes Haar und sind um die ein Meter siebzig groß. Sie scheinen fast alle aus der gleichen Form gegossen zu sein. Der Jüngste, Erwin, aber ist brünett wie seine Mutter.

Wir wohnen alle noch zusammen. Unser Hotel und die Zitronenplantage bringen uns Sicherheit und gute Beziehungen im Umland sowie einträgliche Geschäfte. Einen achten Mann betrachte ich ebenfalls als Sohn. Ich bin sein Patenonkel, ein sehr gut aussehender Junge. Für einen Süditaliener ist er von großer Statur. Sein Vater hinterließ ihm viel Geld und Macht über familiäre Transaktionen, die über den Hafen von Bari nach Apulien laufen.

Ich entschied mich, diese Geschichte als ein Geschenk für ihn zusammenzutragen. Sein Name ist Rother.

Als Rothers Vater starb, zogen meine Söhne Lupold und Erwin einige Monate zu ihm, um ihm behilflich zu sein. Die Wärme wollte zurückkehren, aber sie wurde durch kurze Kälteperioden unterbrochen. Aber im Süden ist es im April bereits warm, während wir in meiner Heimat noch Schnee haben können. Die ganze Ware, die am Hafen ankommt, zu überprüfen und sie diskret in die Lieferkette unserer Klienten zu übergeben, ist eine schwierige Aufgabe. Ich will nicht auf Details unserer Organisation eingehen, weil dies nicht interessant genug ist, aber Lupold war mit seinen achtundzwanzig Jahren sehr fortschrittlich. Er digitalisierte den ganzen Familienbetrieb und modernisierte unsere Buchhaltung. Diese neuen

Methoden sollten auch Rother helfen. Erwin begleitete ihn nur, denn sonst hätte ich hier alle Hände voll zu tun, weil er nur Probleme macht und auf dumme Ideen kommt, aber ist ein guter Junge.

So geschah es, dass die drei Jungs, die ihr ganzes Leben noch vor sich hatten, sich an einem sonnigen Nachmittag in Bari am Strand Pane e Pomodoro unterhielten.

„Rother, du musst eine einflussreiche Frau heiraten. Wenn du stirbst, haben wir keinen, der den Betrieb hier in Bari übernimmt. Deine Familie ist weg, du bist der Letzte hier", sagte Lupold und schlürfte an seinem Eiskaffee.

„Ich will nur die Richtige heiraten. Ich muss keine X-beliebige zur Frau nehmen. Mir fehlt nichts. Ich bin Sklave meines Familienerbes. Wenn man es genau nimmt, hörte das Leben für mich auf, als mein Vater mir diese Hafengeschäfte vererbte. Ich laufe jetzt mit Bodyguards herum", sagte Rother und wedelte mit seiner Hand, als würde ihn das Thema langweilen.

„Niels chattet mit einer Schnecke aus Istanbul, die genau zu deinem Bedarf passen würde, und sie braucht Hilfe", versuchte mein Jüngster, sich am Thema zu beteiligen.

„Ach bitte. Seit wann kennt Niels irgendeine Frau?" Lupold hatte offensichtlich keine guten Ansichten hinsichtlich der Chats seines Bruders.

„Ich sage es dir. Sie ist etwas anderes, ich habe auch mit ihr gechattet. Sie ist nett. Sie ist die Tochter von Konstantin, dem Oberhaupt des Konstantinopel- Clans", prahlte der Junge mit seinen Verbindungen. Ich kannte diese Familie in Istanbul, aber Erwin nicht, doch er ist ein Sprachtalent und sehr charismatischer Junge und liebt es, mit seinen Kenntnissen anzugeben. Wenn man der Jüngste in einem Haus voller Männer ist, entwickelt man diese Merkmale, um sich durchsetzen zu können.

„Eine Heirat zwischen dir und einer solchen Frau wäre sehr profitabel. Immerhin kommen mehr als ein Viertel der Waren, die hier im Hafen gehandelt werden, aus der Türkei", stellte Lupold wie immer sehr sachlich fest. Von wem er das hat? Kann nur meine Frau gewesen sein. Sie war eine Perle. Intelligent und sehr professionell.

„Gut, angenommen, dass ich sie zur Ehe über- zeugen könnte, was hat sie davon?", fragte Rother und lehnte sich im Strandstuhl so weit zurück, dass er kurz zuckte, um nicht rückwärts zu fallen.

„Ihr Vater, meint sie, ist ein Arsch. Er wirft die Be- werber in den Knast oder killt sie. Angeblich ist sie mit einundzwanzig noch Jungfrau, und sie schrieb, dass sie nicht allein sterben will. Sie ist verzweifelt. Sie soll auch die rechtmäßige Erbin des Clans sein, aber nur wenn sie einen Mann heiratet." Erwin schien mit ihr eine gute Freundschaft zu pflegen, aber das tat er mit unzähligen anderen Frauen auch.

„Versuchen könntest du es schon. Es wäre eine geschäftliche Angelegenheit, aber die anderen Familien würden dich mehr respektieren." Lupold versuchte, Rother klar zu machen, dass er in seiner neuen Situation kaum weiter ledig bleiben dürfe. Diese Tradition war in unserem Kreis sehr wichtig, und ohne Ehefrau und Erbe könnte es auch für Rother gefährlich werden. Neid war allgegenwärtig, und jeder gierte nach der Macht über Teile der Geschäfte im Hafen von Bari.

Bald hatten sie Rother überzeugt, dass Miray, die Tochter von Konstantin, eine schöne Frau war. Ein Foto aus ihrem Internetprofil sagte einiges über ihr Aussehen aus. Rother ließ sich lenken und beauftragte meine Jungs, nach Istanbul zu fahren, sich als Botschafter für gute Beziehungen zwischen Konstantin und dem neuen Boss im Hafen von Bari vorzustellen.

Es schien alles perfekt zu sein, als ich mir diese Idee anhörte, daher stimmte ich dem zu. Aber in einem Punkt hatte ich mich geirrt: Konstantin war kein Diplomat.

Rother scheute keine Kosten für die Garderobe meiner Söhne. Sie trugen Anzüge feinster italienischer Designer-Qualität. Erwin sendete mir einige Fotos von sich und seinem Bruder am Flughafen, bevor sie nach Istanbul abflogen.

Rother singt sehr gut und gibt uns bei jedem Anlass eine Vorführung. So war es auch an jenem Tag. Er sang für uns zu einer Vintage-Gitarre, die ich seinem Vater vor vielen Jahren schenkte. Seine Tenorstimme griff einige höhere Töne gefühlvoll und kräftig. Er brachte Steine zum Schmelzen, wie mein Fritjof einmal beschrieb.

Ich vermisste sie bereits, als ich das Foto sah. Rother hat rote Haare wie sein Vater, und mit seiner Statur von ein Meter fünfundachtzig war er sehr beeindruckend, aber kaum ein italienischer Typ. Ich wunderte mich, dass ihm die Frauen nicht in Scharen hinterherliefen, aber er war immer sehr introvertiert und pflegte selten Freundschaften, außer mit meinen Söhnen.

Sein Vater war mein bester Freund. Wir waren wie Brüder. Bestimmt hatte er Rother so erzogen, um ihn vor Unachtsamkeiten zu schützen. In unserer Branche ein sehr weiser Rat.

Lupold und Erwin nahmen eine Goldkette als Geschenke für Konstantins Tochter mit. Diese sollten sie mit dem Heiratsantrag übergeben. Sie hatten nicht viel Gepäck dabei und kein Sicherheitspersonal, weil dies eine diplomatische Mission war. Hier muss ich zugeben, wir denken immer, dass uns die ganze Welt freundlich gesinnt ist, wie wir hier sind. Dies stellte sich als Fehler heraus.

Lupold hatte schriftlich eine Audienz organisiert, jedoch nannte er nicht den Anlass des Treffens. Mein Sohn ist sehr strategisch und wollte wohl vermeiden, per E-Mail eine Absage zu erhalten.

Sie hatten den Termin mit Konstantin bereits für den nächsten Abend vereinbart. Konstantin lud sie zum Abendessen ein, was ich als gutes Zeichen verstand. Die Jungs hatten vorsorglich vereinbart, dass die Kommunikation mit uns über Smileys geschehen sollte, damit niemand den Inhalt der Codes verstehen könne. Ich sah den Verlauf Tage später bei Rother und konnte das Geschehen so bestens nachvollziehen.

Erwin dokumentierte die ganze Reise fast alle fünf Minuten auf Social Media. Es war seine erste Reise im Auftrag der Familie und für ihn eine aufregende Zeit. Wir hatten auch nichts zu befürchten, daher ließ ich ihm seinen Spaß.

Sie bummelten nachmittags in Istanbuls Bazaren und kauften nutzlose ausgetrocknete Gewürze. Wenn ich mir vorstelle, was wir hier in Meran auf dem Markt bekommen, und was sie dort als etwas Besonderes kauften, überlegte ich, wo ich einen Fehler in der Erziehung gemacht habe. Erwin kann noch nicht gut kochen, aber Lupold sollte es besser wissen. Ich schweife wieder ab.

Nun, in Konstantins kleinem Palast angekommen, wurden sie zu einem Wartezimmer gebracht. Von dort blickten sie zum Garten, wo Konstantins Events meistens dokumentiert wurden. Weiter vorne gab es eine Waldung, wo angeblich die Feinde des Clans ihr Ende fanden. Während sie dort weilten, fotografierte sich Erwin mit seinem Bruder am Fenster und sich selbst in Obszönitäten mit der Statue eines nackten antiken Helden. Diese Szene möchte ich nicht näher beschreiben, weil ich den Jungen nicht so erzogen habe, aber er dachte, es wäre lustig. Als Vater lernt man, einfach zu lächeln, wenn man nichts Besseres zu sagen hat.

Nach über einer halben Stunde wurden sie vorgelassen. Konstantin spricht deutsch wie seine Frau und Tochter auch, von daher gab es keine Kommunikationsprobleme.

Lupold trug Rothers Absichten vor und wie er später erzählte, schien sich Konstantins Gesicht, während er sprach, zu verformen, und sein Lächeln schmolz zu einer Grimasse der Wut und des Hasses.

Lupold hörte auf zu sprechen, als das Klicken zweier entsicherter Taurus-Revolver an seiner und Erwins linker Schläfe hörbar wurde. Er wagte nicht, den Kopf zu drehen. Es war das erste Mal für Erwin, dass er solchen Feindseligkeiten begegnete, und Angst ließ ihn erblassen.

Konstantin sprach auf Türkisch mit seinen Schergen und befahl ihnen, meine Söhne in den Knast zu werfen. In diesem Moment arbeitete Erwin blitzartig und schickte eine Notfall-Message an Rother.

Ich bekam nichts mit an dem Tag. Ich wäre mit meiner ganzen Familie hingefahren und hätte Konstantin in unvergesslicher Weise belehrt, sich zu benehmen. Aber wie sich später herausstellte, war es besser, dass Rother zuerst von allem erfuhr.

Wo sind meine Boten?

Als Rother, der alles akribisch verfolgte, mich anrief, dachte ich wirklich nicht, dass die Lage in Istanbul so eskalieren könnte. Ich war um meine Söhne besorgt, und es war schwierig, meine Gefühle zu bändigen und in Ruhe zu überlegen, wie ich ihnen helfen konnte.

Die Zwillinge kamen in mein Arbeitszimmer und sahen, wie ich weinte. Kaum sprach ich den Grund dafür aus, holten sie ihre Brüder herein, und wir sprachen über die nächsten Maßnahmen.

Rother bat mich, sofort zu ihm zu eilen und Unterstützung mitzubringen. Er habe bereits Verstärkung aus Tarent   eingeladen.

„Wir laufen nicht wie kopflose Hühner herum. Die Zwillinge begleiten mich. Ihr drei kümmert Euch um das Geschäft hier. Ich nehme unser kleines Flugzeug und fliege sofort los", sagte ich zu allen.

„Es könnte aber sehr gefährlich werden, Boss. Eventuell sollte man die Polizei verständigen", schlug mein Assistent vor.

„Papa, sag mal erst, was passiert ist", wollte Niels wissen.

„Konstantin hat Lupold und Erwin irgendwie die Handys abgenommen, und wir wissen nicht, was dort los ist." Wieder heulte ich vor Wut. Ich hätte es vorhersehen sollen. Ich ließ meine Wut an meinem Assistenten aus.

„Es sind meine Söhne, du Arschloch", schrie ich und streckte ihn mit einem Faustschlag zu Boden. Wigard, einer der Zwillinge, hielt meine Faust, bevor ich den Feigling zu Brei schlagen konnte.

Der Drückeberger kroch aus dem Zimmer hinaus. Ich versuchte, ihn noch zu treten, aber Wigard ist zu stark für mich und könnte mich fast mit einer Hand heben.

„Ich gehe die Presse durch und schaue, ob wir legal vorgehen können", sagte Niels und rollte seinen Rollstuhl schnell zu seinem Arbeitszimmer.

Ich besitze seit Jahren für solche Situationen einen gepackten Koffer. Das hatte mir mein Vater beigebracht. Die Zwillinge waren bereits am Flugplatz hinter unserem Gut und warteten auf mich.

Der Flug dauerte fast zwei Stunden. Die kleine Maschine ist gut, umweltfreundlich und sehr bequem, aber leider etwas langsam, wenn man in Eile ist.

Wir landeten auf einem Flugplatz hinter Bari. Zwei Riesen aus Tarent, namens Asprian und sein älterer Bruder Witold warteten bereits auf uns. Ich möchte nicht zu sehr tratschen, aber beide gehören zu diesen Männern, die nie eine Frau heiraten würden, jedoch von vielen anderen männlichen Freunden begehrt werden. Ich denke, man kann sich vorstellen, was ich meine. Sie sind treuer als ein Schäferhund und können kämpfen wie eine Meute Wölfe. Egal wie deren private Vergnügungen aussehen, ich würde mich nicht einmal bewaffnet mit ihnen anlegen.

„Es ist wirklich ernst", dachte ich mir. Rother setzt diese Männer nur in besonders gefährlichen Situationen ein.

Als wir aus dem Flugzeug stiegen, sprang Wigard aus der Maschine und umarmte Witold voller Freude. Ein Schauder lief mir den Rücken hinab, aber ich blickte errötend weiter zu Boden.

„Rother wartet. Gehen wir", befahl Asprian mit tiefer Baritonstimme. Wenn ich nicht Rothers Patenonkel wäre, hätte ich Angst bekommen. Ich frage mich immer, womit ihre Eltern diese Kinder gefüttert haben. Beide sind über ein Meter neunzig groß, und einer ihrer Arme wiegt bestimmt so viel wie ich. Sein Bruder Witold unterhielt sich mit meinem Sohn, als hätten sie sich viel zu erzählen. Fritjof, der andere Zwilling, beteiligte sich am Wiedersehen und begrüßte Asprian. Ich ging schnaubend allein vor der Gruppe zu Rother, der uns auf der Veranda seines Hauses erwartete.

„Danke, Berchter, ich bin besorgt darüber, was mit deinen Söhnen geschah. Ich habe immer noch keine Antwort, und ihre Handys wurden ausgeschaltet. Ich will so schnell wie möglich hinfahren. Ich wollte mit Konstantin telefonieren, aber ich befürchte, er ist nicht vertrauenswürdig. Es wird ihm sehr leid tun, egal was er deinen Söhne angetan hat." Rother war verunsichert und schämte sich, dass er meine Söhne in Gefahr gebracht hatte. Aber wir alle wissen, wie gefährlich die Kollegen unserer Branche sind, sowas konnte mal vorkommen.

„Mach dir keine Gedanken. Wenn ich Konstantin erwische, wird nicht viel von ihm übrigbleiben." Zorn erfüllte meine Sinne, und ich konnte mich kaum beherrschen.

„Sachte, Onkel. Ich habe mir genau ausgedacht, wie mit einem Mann wie Konstantin umzugehen ist. Unsere nächste Mission wird nicht offensiv sein. Wir werden intelligent vorgehen. Ich bekomme meine Braut. Obwohl ich sie nicht wollte, werde ich sie bekommen. Klar, wenn sie mitmacht. Aber viel mehr Spaß wird mir machen, Konstantin zu zeigen, mit wem er sich messen wollte." Diese Worte strotzten vor Stärke und Selbstbewusstsein. Ich vertraute meinem Patenkind, dass er wusste, wie vorzugehen sei.

Meine Zwillinge maßen ihre Kräfte mit Witold und Asprian im Garten. Ich rollte mit den Augen und versuchte, nicht zu fluchen.

„Ihr seid keine Kinder mehr", versuchte ich vergebens zu protestieren, und da keiner mich beachtete, ging ich zum Gästezimmer.

Die zweite Expedition

Rother hat eine riesige Yacht im Hafen von Rhodos liegen. Wir flogen mit einem regulären Linienflug von Bari nach Rhodos und steuerten bereits am selben Tag Richtung Istanbul.

„Während unseres Aufenthalts bei Konstantin will ich Dietrich genannt werden." Rother hat keine Fotos auf Social Media. Sein Vater war sehr vorsichtig damit. Wir waren sehr unauffällig gekleidet, und nichts an der Truppe gab einen Hinweis auf unsere Identität und Mission. Aber das Boot war beeindruckend genug, und damit in einem Hafen anzudocken, wird nicht übersehen.

Rother war in Kontakt mit meinem anderen Sohn Niels. Niels sitzt seit seinem siebzehnten Geburtstag im Rollstuhl, aber er machte sein Handicap zur Tugend. Er spielt Basketball und ist ein Experte im Computerwesen. Er und Lupold sind ein sehr anerkanntes IT-Berater-Team in Südtirol.

Ein grausiger Tag mit Nieselregen, und der Wind blies kalt. Kurz nach Ankunft bekamen wir eine Zollinspektion, und bald darauf standen wir in Istanbuls großem Basar. Unsere zwei Riesen Asprian und Witold zogen alle Aufmerksamkeit auf sich. Sie stammen aus einer befreundeten Familie aus Tarent. Neben ihren Aufgaben als Sicherheitspersonal waren sie talentierte Darsteller wie meine Zwillinge, die Kampfkunstmeister sind.

Mitten auf dem Platz vor dem großen Markt bildeten die Passanten einen Kreis um die zwei Brüder. Witold ist bekannt für seine berserkerhafte Kraft und Wut, aber weit bekannter ist er für seine Dramatik. Er klopfte auf seine riesige Brust und schrie. Staunen zog die Zuschauer zum Ort des Geschehens. Sein T-Shirt, das wirklich viel zu eng war - aber das ist nur meine Meinung - zeigte seine Nippel wie stechende Dornen. Anscheinend sind solche T-Shirts derzeit Mode. Mit beiden Händen riss er sich das Kleidungsstück vom Leib, und alle schrien vor Begeisterung. Asprian munterte die Menge auf und lud sie mit seinen Riesenpranken zum Schreien auf. Frauen blickten sehnsüchtig auf die nackten gebräunten Oberkörper der Männer, und viele Männer konnten Bewunderung und Neid kaum verstecken.

„Was machen diese Männer?", fragte ich Rother.

„Sie duellieren. Ich will, dass wir gesehen werden. Sie sind die Besten für diesen Zweck. Wir werden sehen, wie effektiv Niels mit seiner Arbeit war."

Mit erhobenen Handys schossen die Zuschauer Fotos vom Schaukampf. Nach ungefähr einer Viertelstunde Saltos, Wutschreien und trainierten Stürzen sprangen Fritjof und Wigard mit Spendenaufforderungen in die Menge. Viele machten Selfies mit allen vier Jungs. Ein Mann in der Menge fiel mir besonders auf. Er verhielt sich zu ruhig und teilnahmslos im Hintergrund, aber etwas in seinen Augen gefiel mir nicht. Er verschwand in dem Augenblick, als einige Mädchen mein Blickfeld verstellten. Es war ein Mann, dessen Namen niemand kennt. Er wird der Wunderheiler genannt.

Im nächsten Augenblick sah ich Wunderheiler wieder, wie er sich mit Rother unterhielt. Ich witterte Gefahr und versuchte, mich vorsichtig anzunähern, ohne, dass man vermuten könnte, dass ich in Panik war. Ob meine Jungs Lupold und Erwin noch am Leben waren, war mir nicht klar.

„Onkel, der Herr hier" - Rother zeigte auf die verdächtige Gestalt neben sich - „arbeitet für Konstantin und lud uns ein, seine Boss kennenzulernen. Stell dir das vor, wir. Kleine Darsteller", dann wandte er sich zu Wunderheiler. „Wir sind so klein und unbedeutend, aber wenn der berühmte Konstantin uns empfängt, werden wir mit Freude auftreten." Einige Geldscheine gingen unter der Hand zum gierigen Wunderheiler, der wie ein Wiesel lächelte.

„Noch haben wir keine Unterkunft in Istanbul. Wir werden voraussichtlich in unserem Boot schlafen", sagte Rother. Wunderheiler telefonierte auf Türkisch und nickte mehrmals dazu.

Es folgten weitere Details, und wir wurden alle eingeladen, in Konstantins Palais zu wohnen. Rother zeigte mir ein Bild aus Social Media, und da verstand ich, dass Niels im Hintergrund alles überwachte und unseren Ruf im Internet für unsere Ankunft in Istanbul konstruierte.

„Witold wurde beauftragt, auf dem Boot zu bleiben", berichtete Rother, ohne in Richtung Wunderheiler zu blicken.

„Sollen wir alle zu Konstantin gehen?", fragte ich unsicher.

„Nein, Papa. Wigard bleibt auch im Boot, damit Witold nicht allein die ganze Anlage bewacht", informierte mich Fritjof.

Ich sah nicht gerne, dass mein Sohn mit diesem Mann alleine Zeit verbrachte, aber meine Söhne haben gelernt, dass sie für ihre Entscheidungen selbst verantwortlich sind.

Bevor wir in Istanbul nordwärts zu Konstantins Palais aufbrachen, ging ich zu Witold, der mich verlegen anschaute, und drohte ihm.

„Wehe ich höre etwas, das mir nicht gefällt, wenn wir zurückkommen, zerstückele ich dich in Scheiben. *Capito?*" Ich versuchte, selbst zu leugnen, dass ich wusste, was ich befürchtete, aber ich war immer ein besorgter Vater.

Witolds große dunkle Augen blickten zu mir hoch. Er lächelte mich an und küsste mich auf die Stirn, noch bevor ich protestieren konnte.

„Geh in Ruhe, Papa, ich beschütze deine Kinder, als wären sie meine Brüder." Ich merkte, dass es idiotisch wäre, irgendeinen Protest auszusprechen und ging.

Als wir unsere Gästezimmer in Konstantins Palais bezogen, wurden wir von Dienern des Hauses mit Tüchern, Früchten und Getränken empfangen.

„Der Mann versteht einiges von Gastfreundschaft", flüsterte Rother und kniff ein Auge zu.

„Wie finden wir meine Söhne?", fragte ich.

„Niels hat sie bereits gefunden. Sie sind im Gefängnis. Aber Konstantins Einfluss auf Polizei und

Gerichte ist zu groß für uns. Sei geduldig. Ich bekomme alles hin", versprach er mir.

Asprian und Fritjof waren in einem Nachbarzimmer untergebracht. Ich hörte, wie sie den Fernseher anmachten und sich über irgendetwas unterhielten.

„Was machen wir jetzt?", wollte ich wissen.

„Wir warten, bis Niels uns beliebter macht." Rother ließ mich allein auf meinem Bett und gesellte sich zu Fritjof und Asprian. Der Generationsunterschied ließ sich in solchen Momenten schmerzlich merken.

Ich fand zwar keine Ruhe, aber die Müdigkeit von drei schlaflosen Nächten überkam mich, und ich schlief sofort bis zum Abendessen ein.

Türkische Frauen haben eine klassische Schönheit, die man kaum übersehen kann. Ihr langes kräftiges Haar, die Farbe ihrer Haut oder die schön gezeichneten Augen zieren diese Perlen in einem Meer von Männern, die sie unterschätzen.

Niels schätzte sie sehr, dass weiß ich, weil hin und wieder begaffe ich über seine Schultern seine Chats im Internet. Leider fand er noch keine Freundin, aber ich bin sicher, wenn er heiratet, wird eine solche Schönheit in unserer Familie aufgenommen werden.

Ich wachte unter den neugierigen Blicken einer dieser Damen auf, die mich inspizierten. Erschrocken zog ich meine Bettdecke hoch und gab eventuell einen kleinen Überraschungslaut von mir. Böses Getratsch, das viel später kam, behauptete, ich hätte wie eine erschrockene Jungfrau geschrien. Es ist nicht wahr.

„Ich wollte Sie nicht aufwecken", entschuldigte sich eine attraktive Frau mit bronzefarbener Haut. Mein Türkisch ist mäßig, und als sie dies merkte, wiederholte sie es auf Deutsch.

Ich schaute weiterhin etwas verunsichert darüber, was eine Frau in meinem Bett machte. Ich hoffte, dass sie keine Prostituierte war. Ohne etwas zu sagen, schienen meine Augen meine Gedanken verraten zu haben, doch sie reagierte sehr klug.

„Ich bin die Assistentin von Konstantins Tochter Miray. Ich heiße Herlinde", erklärte sie.

„Entschuldigung, ich bin noch vom Schlaf benommen. Was darf ich für Sie tun?", murmelte ich, kratzte meinen weißen Bart und versuchte, nicht zu wild zu wirken.

„Es wird so viel über Dietrich und seine Männer im Internet berichtet, dass wir neugierig wurden. Ich selbst verfolge seit gestern die Nachrichten. Trittst du auch auf?" Sie blickte auf meinen graumelierten Bart.

„Oh nein. Ich bin nur der Aufpasser." Ich lächelte verlegen wie eine Forelle. Seit meine Frau gestorben ist, habe ich mit keiner anderen Frau ein Gespräch auf meinem Bett geführt.

„Mache ich dich verlegen? Ich kann später kommen", entschuldigte sie sich, als sie meine Unsicherheit bemerkte.

„Nein, nein. Ich war nur nicht vorbereitet, und mein Mund riecht bestimmt wie der Ar..." Ich hielt die Hand auf meinen Mund, bevor ich unvorsichtig aussprach, was ich dachte. Wenn man nur mit Männern im Haus lebt, sind gute Manieren manchmal vernachlässigt. Herlinde lachte schallend und warf ihre gebundenen langen Haare nach hinten.

„Stimmt nicht", lachte sie unaufhörlich, und ihre süße Stimme fasste ihr Lachen in Akkorde. „Der Arsch eines Kamels riecht besser." Da lachten wir beide zusammen. Ich musste mich hinsetzen, denn sonst hätte ich nicht mehr atmen können.

„Als man in einem Blog schrieb, dass ihr sehr charmante Männer seid, haben sie wirklich untertrieben. Ich werde meinen Einfluss nutzen und einen Empfang vorschlagen." Sie blinzelte mich an. Ich war noch überrascht, wie sie auf die Idee kam, sich zu meinem Zimmer Zugang zu verschaffen und auf meinem Bett zu sitzen. Sie war wirklich frech und herausfordernd.

„Ich werde zum Empfang kommen, aber nur wenn du dabei sein wirst", versuchte ich charmanter zu sein, als sie erwarten konnte. Aber nicht zu viel, sonst würde sie denken, dass ich ein Sugar-Daddy wäre.

„Ich muss jetzt gehen. Aber macht euch bereit, ich werde alles tun, damit wir heute Abend feiern." Sie verließ den Raum, als würde sie schweben. Ihr rötlich braunes Haar glänzte unter dem Licht im Korridor, und sie ließ die Tür offen. Ich dachte, dass ich eventuell zu lange keine normale Frau an meiner Seite mehr gehabt hätte. Sie war mehr als zehn Jahre jünger als ich, da bin ich mir sicher.

Herlinde machte ihr Versprechen wahr. Wir bekamen kurz vor Mittag Einladungskärtchen vom Hauspersonal. Aber der Empfang sollte doch am nächsten Tag stattfinden anstatt am selben Abend. Ich war auch zu müde und besorgt. Ich sah die anderen Männer nicht und dachte, dass sie in der Stadt spazieren waren. Da rief ich Niels an.

„Hi, Papa. Wie gefällt es dir in Istanbul?", fragte er.

„Ich will nur deinen Bruder aus dem Knast holen und abhauen", sagte ich.

„Es geht beiden gut. Ich habe mich informiert. Sie sind in einem Rattenloch in Silivri. Ich würde aber nicht mit Anwälten vorgehen. Die Justiz in der Türkei ist zu korrupt, und Lupold und Erwin sind angezeigt als Mitglieder einer kriminellen Organisation. Wir haben schlechte Karten." Meine Stimmung wurde von der Vorstellung von langjährigen Prozessen betrübt.

„Rother meint, er habe einen Plan. Aber du weißt gut, dass er nie verrät, was er denkt. Er ist mit Fritjof und Asprian unterwegs", teilte ich mit.

„Sei nicht betrübt, Vater. Wir bekommen alles hin. Hat meine Freundin Herlinde dich besucht?", überraschte er mich.

„Ach, sag bloß. Von dir kommt dieses aufgeweckte Mädchen?"

„Papa, sie ist über fünfzig. Lang ist es her, dass sie mal ein Mädchen war. Sie liebt Motorradfahrer ..." Er beendete seinen Satz mit einem schroffen Lachen.

„Wenn ich zu Hause bin, werden wir uns unterhalten, du Flegel."

Wir legten auf, und ich hörte, wie die drei Jungs den Korridor betraten. Sie hatten offensichtlich etwas mehr von Istanbul gekostet als Apfeltee.

Empfang mit Weibern und Gesang

Keiner spricht gerne über die Makel seiner Freunde, aber wie ich bereits erwähnte, waren Asprian und Witold etwas anders erzogen, als ich für gut hielt. Doch andererseits waren beide Herren treu und zuverlässig. Mit ihnen befreundet zu sein, bedeutete auch, gegen viele Gefahren geschützt zu sein. Sie würden für einen

Freund ihr Hemd geben und erforderlichenfalls dessen Ruf mit den Fäusten verteidigen.

Leider sind diese Qualitäten von undiplomatischem Verhalten, sehr geringer Geduld und Sturheit begleitet. Als die Vorbereitungen für den Abendempfang in einer Disco begannen, ging Asprian hin, um Rothers Sitzbereich zu überprüfen. Vor allem weil einige von uns bereits im Knast waren, schaute er, ob wir bei Bedarf gut entfliehen konnten. Er wies die Organisatorin an, für Rother unter dem Namen Dietrich eine VIP-Lounge unweit der Eingangstür zu reservieren. Im gleichen Moment kam ein Bodyguard von einem Möchtegern aus Istanbul namens Friedrich, der behauptete sein Boss sei eng mit Konstantin befreundet. Wir kannten ihn bereits aus der Boulevardpresse. Dieser sprach extrem barsch mit der Organisatorin und sagte, die Fremden mögen im hinteren Raum sitzen und forderte den VIP-Platz für Friedrich. Dies erzürnte Asprian, und entsprechend reagierte er.

„Wer bist denn du, der so laut hier spricht? Redest du immer so laut, oder fehlen dir die Manieren? Das hier ist der Platz, den ich für Dietrich ausgesucht habe, und so bleibt es." Mit einem forschen Fingertippen auf der Brust des Bodyguards schob Asprian ihn zwei Schritte rückwärts.

Der arme Bodyguard machte den Ansatz, Asprian zu schlagen, und noch bevor seine Hand die hinterste

Stellung für den Schlag erreichte, traf ihn ein bombasti- scher Haken. Die Organisatorin schrie laut auf vor Schreck, als der Mann krachend zu Boden fiel.

„Dietrich hätte ungern Blutflecken auf seinem Sitz", lächelte er etwas verlegen und verließ den Raum, als wäre nichts geschehen. Der Bodyguard wurde von zwei Kollegen hinausgetragen, und sofern das Getratsche stimmt, wurde er nie wieder als BodygGuard in Istanbul gesehen. Asprian witterte Ärger und sandte eine SMS an seinen Bruder, der mit Wigard auf eines der Motorräder, die wir im Boot hatten, stieg und zur Hilfe eilte.

Wie erwartet, standen die Kollegen des Body- guards am Eingang des Lokals und bereiteten sich auf Är- ger vor. Asprian hörte bereits das Motorrad den Hügel hinaufbrummen.

„Wir wollen keinen Ärger", sagte er zu Friedrich.

„Mit dir werden wir auch fertig", provozierte Friedrich weiter.

Einige Sekunden danach kreischten die Reifen des Motorrads, die zweimal rund um Witolds Beine kreis- ten. Wigard sprang elegant vom Rücksitz. Witold parkte und bereitete sich vor, wie ein Berserker auf die Menge zu stürmen und alle zu Brei zu schlagen. Das wäre das Ende unserer Mission. Asprian reagierte erstaunlicher- weise diplomatisch und schlichtete die Menge.

„Wir können uns prügeln und alle mit Schmerzen und blauen Flecken die Nacht verbringen oder den Vorfall wie eine gewöhnliche Auseinandersetzung zwischen starken Männern betrachten, und dann sehen wir heute Abend alle prima aus." Er lächelte freundlich zu Friedrichs Männern, und diese blickten mit Furcht zu Witold, der von Wigard zurückgehalten wurde.

Es war eine dieser Sekunden im Leben, in der ein Funke eine Eruption auslösen konnte. Die Luft wurde dichter, und alle waren verspannt. Doch Friedrich merkte, dass er und seine Männern sich kaum mit Fäusten gegen diese zwei Riesen messen konnten.

Der Vorfall wurde logischerweise an Konstantin gemeldet, der nicht begeistert war, aber trotzdem seine Rolle als Mäzen nicht verlieren wollte. Er rief Friedrich zur Ordnung und befahl ihm und seinen Männern, sich gastfreundlich zu benehmen.

Der Empfang war schlicht, Disco-Musik der Siebziger munterte die Menge auf. Die meisten wussten gar nicht, wie man tanzt, aber versuchten, mit unkoordiniertem Tapsen und Klatschen betörend zu wirken. Erinnerte mich eher an einen Zombieaufstand als an eine Tanzfläche, aber ich kümmerte mich, die Drinks, die Herlinde mir brachte, zu genießen.

Ich lachte den ganzen Abend über Herlindes Witze. Frauen kamen der Reihe nach in unsere Lounge und wollten Dietrich begaffen. Hin und wieder waren un-züchtige Kommentare zu hören. Ich hörte stolz, wie einige dieser Schönheiten meine Söhne bewunderten, aber Wigard plauderte geschäftig mit Witold, und Fritjof interessierte sich mehr für Asprians Bizeps. Ich ignorierte diesen Teil des Abends und versuchte Informationen über den Aufenthalt meiner Söhne zu bekommen.

Konstantin nahm kurz bei uns Platz und begrüßte Rother.

„Ich hörte, ihr seid Abtrünnige aus Bari", griff er die von Niels verbreiteten Informationen auf.

„Ja, stimmt. Rother ist sehr mächtig und jetzt der Boss im Hafen von Bari. Sein Vater starb vor sechs Monaten", sagte Rother in seiner Rolle als Dietrich.

„Aber wie ich sehe, seid ihr nicht arm, und die Truppe besteht aus beeindruckenden Männern. Wieso seid ihr vor dem neuen Boss geflohen?" Konstantins Stimme war schwer zu hören, da die Musik einen Ticken zu laut war.

„Einige Männer fürchten ihn und haben sich einem besseren Schicksal zugewandt." Rother versuchte, sich von klaren Aussagen fernzuhalten. Wie ich aus Konstantins Gesicht ablesen konnte, erreichte er den gewünschten Effekt.

„Gute Männer sind in meiner Organisation immer willkommen", verabschiedete sich Konstantin und wurde von zwei weiblichen Bodyguards zu seiner Lounge eskortiert.

Wir kamen reichlich spät wieder heim, und ich wollte mich gerade ins Bett legen, als ich eine SMS bekam. Herlinde meinte, dass Miray sich beschwerte, weil sie Dietrich nicht zu sehen bekam.

Ich schrieb sofort zurück, dass ich das gerne organisieren würde, aber nur wenn sie mich persönlich darum bitten würde. Ich fing an, sie zu mögen.

Herlindes Mission

Ich kann nicht leugnen, dass ich mehr auf ein Abenteuer zur Befreiung meiner Jungs aus war, aber etwas Romantik war sowohl willkommen als auch eine gute Abwechslung für einen Mann wie mich, der sich nur um Geschäfte kümmert.

Ich wachte allein in meinem Zimmer auf. Rother war wieder weg und ließ mich im Ungewissen über seine Pläne weiterschlafen. Herlinde saß an meinen Füßen und beobachtete mich, als ich die Augen öffnete.

„Oh nein. Eine Stalkerin", sagte ich müde, tat verschämt und hob meine Bettdecke mit beiden Händen hoch.

„Schläfst du in Boxer-Shorts?", fragte sie.

„Das ist eine intime Frage." Ich hob die Bettdecke höher, steckte meinen Kopf darunter und sagte:

„Ich befürchte nein", lachte ich.

„Pfui! Dann komme ich später. Miray war so heiß auf Dietrich, dass sie bestimmt von ihm geträumt hat. Ich leitete ihr einige Fotos weiter, die dein Sohn Niels mir schickte. Es war zu voll gestern in der Disko, und diese Hühner von Taxim waren aufgetakelt wie läufige Hündinnen. Es ist keine in deinem Schrank, oder?" Sie wartete nicht auf eine Antwort. „Das war alles zu viel für uns. Habt ihr überhaupt mit Konstantin geredet?", erkundigte sich Herlinde.

„Nur kurz. Wir müssen aber mit ihm reden. Dieser Friedrich hat fast auf seinem Schoß gesessen und gab ihm den ganzen Abend Pfötchen", monierte ich.

„Dieser Idiot will Miray heiraten, weil er in die Geschäfte der Familie aufgenommen werden will, aber sie hat sich etwas ganz anderes vorgestellt. Sie hat ihrem Vater bereits einige Male gesagt, er solle Friedrich selber heiraten." Ich lachte über ihre Offenheit.

„Dietrich bat mich, dir das zu geben. Sollte Mirays Größe entsprechen. Er interessiert sich scheinbar für sie", sagte ich und wartete auf Herlindes Reaktion.

„Sei vorsichtig. Ihr Vater ist ..." Sie blickte hinter sich.

„Ich habe bereits davon gehört", sagte ich und schwieg weiterhin über meine Söhne.

„Ich bringe das Geschenk zu Miray und organisiere ein *Tête-à-Tête* für beide. Sie wird Dietrich gefallen, da bin ich mir sicher. Sie ist sehr hübsch, aber sie hat Charakter. Wenn er auf ein Dummerchen wartet, wird er enttäuscht sein." Herlinde schien ihre Arbeitgeberin zu schützen, wie Asprian uns schützte.

„Warum ist ihr Vater so versessen, sie zu versklaven? Wir lesen viel darüber in den Medien." Ich sagte nicht, dass alle meine Informationen von Niels stammten.

„Weil wenn Miray heiratet, geht das gesamte Erbe ihrer Mutter an sie über, und ihr Vater wird vom Thron gestoßen. Seine Tage sind gezählt." Sie nahm das Geschenk und stand auf.

„Ah", staunte ich.

„Wir sehen uns später", verabschiedete sie sich.

„Ich dachte, du wartest, bis ich aufgestanden bin", witzelte ich.

„Ich habe bereits unter der Decke nachgesehen, während du schliefst, und es war kein triftiger Grund, hier länger zu verweilen", sagte sie kokett und ließ mich allein sitzen.

Ich wurde rot wie ein gekochter Hummer und überlegte, ob das, was sie sagte, ein Witz war.

Ich schaute durch das Fenster und sah einen regnerischen Tag in Istanbul. Ich war froh, dass unser Zimmer Doppelfenster hatte, weil ich den Lärm der kaputten Lautsprecher aus den Minaretten kaum bewundern kann. Aus dem gleichen Grund meide ich katholische Dörfer mit ihren Glocken.

Herlinde sprang wenig ladylike über die Regenpfützen durch den Hof von unserem Gebäude zum Haupthaus. Trotz der geschlossenen Fenster konnte ich einige noch weniger damenhafte Flüche wahrnehmen.

Auf dem Tisch bemerkte ich, dass Herlinde mir das Frühstück gebracht hatte.

Ich mochte sie nach diesem Tag umso mehr.

Weiter vorne sah ich, wie Witold mit einer Hand einen Stab hob, und an beiden Enden hingen die Zwillinge. Es war eine gute Idee, sich bei Konstantins Personal beliebt zu machen, nachdem er beinahe einen von ihnen umgebracht hatte. Seine Wut ist unkontrollierbar und gefährlich.

Ich muss zugeben, dass ich die Zwillinge von Weitem immer verwechsele. Näher an ihnen dran, weiß ich, dass Wigard der mit dem breitesten Lächeln und der lautesten Stimme ist.

Alle Zuschauer bestaunten Witolds Kunststücke. Das Klingeln einer SMS unterbrach meinen träumerischen Moment.

Niels teilte darin mit, dass wir uns beeilen sollten, weil meine Söhne wegen Spionage angeklagt werden könnten.

Rother trifft Miray

„Ich habe nur einen linken Schuh mitgebracht", schrieb mir Herlinde in einer SMS. Ich rief sofort zurück, und nach dem vierten Klingeln war ihre Stimme zu hören.

„Hi, Herlinde. Dietrich will selbst den anderen Schuh bringen. Das soll romantisch sein. Ich fand die Idee nett", erklärte ich.

„Er geht aber ran. Ich bin nass bis auf die Knochen wegen einem linken Schuh? Das wird dich etwas kosten", sagte sie gutgelaunt.

„Du hast mich auch angeschaut."

„Er soll dann durch den hinteren Hof herkommen. Ich mache die Tür auf. Aber noch bevor der Regen aufhört. Ihr Vater reißt mich in Stücke, wenn er erfährt, dass ich euch geholfen habe", warnte sie mich.

„Auf mich ist Verlass. Ich eile zu ihm. Sprechen wir uns später?", fragte ich wie beiläufig.

„Wenn du dann deine Hosen an hast, ja." Sie legte auf, ohne meine Antwort abzuwarten.

„Rother", sagte ich, als er meinen Anruf annahm.

„Mit Miray ist ein Treffen arrangiert. Herlinde wartet auf dich im hinteren Hofbereich. Sie macht die Tür auf. Spute dich." Er hatte anscheinend auf meinen Anruf gewartet und nach einem kurzen Abschied raste er mit dem anderen Schuh unterm Arm los.

Ich war bei der ersten Begegnung von Rother und Miray nicht dabei, daher kann ich nur Herlindes Berichte wiedergeben, wobei sie bestimmt mehr Drang zur Dramatik als ich hat.

„Als er ihren kleinen Fuß zwischen seine Hände nahm, wurde mir ganz warm ums Herz, ich hätte gerne gefilmt und gepostet. Es war so romantisch", schwärmte Herlinde und nippte an einem Erdbeer-Margarita.

„Er ist, seit er gehen kann, charmant und kann sich gut präsentieren. Das hat er vom Vater geerbt", plauderte ich aus dem Nähkästchen.

„Du kennst ihn schon so lange?" Herlindes Augen blinzelten betörend. Ihre Haut schimmert wie neue Bronze, und ihr Haar leuchtet wie Kupfer. Ich merke immer zu spät, ob eine Frau sich für mich interessiert. Meine verstorbene Frau erzählte das bei welchen Treffen auch immer. Aber Herlinde übermittelte klipp und klar, dass sie mich interessant fand.

„Ja. Ich bin sein Patenonkel. Worüber haben sie gesprochen?", wollte ich wissen, dabei hielt ich den Atem an und zog meinen Bauch ein.

„Ich weiß jetzt auch, wer er tatsächlich ist. Berchter, du sollst nicht herumerzählen, dass du sein Patenonkel bist, weil hier einige wissen, dass du aus Meran kommst und mit dem Haus in Bari Beziehungen pflegst. Wenn Konstantin erfährt, dass er Rother ist, wird hier ein Vulkan ausbrechen." Sie schaute hinter uns, um sicherzugehen, dass uns niemand zuhörte.

„Keine Sorge. Wir sind allein. Soll ich dir eine andere Margarita bestellen?" Ich bin ein furchtbarer Partner für ein Date. Eventuell deswegen habe ich nach dem Ableben meiner Frau auch keine andere kennengelernt.

„Rother bat Miray um Hilfe, um deine Söhne aus dem Knast zu holen", flüsterte sie. Ich war überrascht, dass Herlinde bereits so viel über mich und meine Söhne wusste. Ich bekam das Gefühl, dass ich auf sehr dünnem Eis ging, denn mit einem Satz von ihr wäre unsere Mission gescheitert, und ich würde meinen Söhnen im Knast Gesellschaft leisten.

„Wie hat Miray reagiert?"

„Sie wird alles Erforderliche tun, um sich von ihrem Vater zu befreien. Sogar wenn dies heißt, sich mit Fremden zu verbinden. Sie ist hier eine Sklavin. Sie hat keine Rechte, sie kann den Mann nicht heiraten, den sie sich aussucht. Bis auf einen tragischen Vorfall hat sie kaum Kontakt mit anderen Männern. Frauen leben hier in einer Macho-Gesellschaft, und für unsere Freiheit zu kämpfen kann sogar den Tod bedeuten. Oder denkst du, dass Frauen gerne wie Nonnen leben?" Es war eine rhetorische Frage, daher sagte ich nichts und nickte nur.

„Keine Sorge, Miray hat mir versprochen am Morgen mit ihrem Vater zu sprechen. Er ist sehr religiös und glaubt fast alles, was sie sagt. Sie weiß, ihn zu manipulieren. Ich bringe dir morgen das Frühstück und erzähle, wie ihr Gespräch mit ihrem Vater verlief. Wie lange planst du hierzubleiben?" Sie bewegte ihre zierlichen Finger auf meinem Arm. Ich verspürte etwas Hoffnung bei ihrer Frage. Eine Hoffnung, die ich gerne verwirklichen würde. Herlinde wuchs mir im Verlauf unseres Aufenthalts immer mehr ans Herz.

„Wenn du dich um etwas kümmerst, bin ich sicher, es ist in guten Händen, egal was es ist. Ich will schnellstmöglich zurück wie möglich, aber seit ich dich kennengelernt habe, überlege ich, ob ich länger bleiben soll." Viel Selbstbewusstsein versprühte ich bestimmt nicht, aber sie wusste darüber hinwegzusehen und küsste mich zärtlich auf die Wange.

„Ich muss zurück. Wir haben einigen Ärger mit den Babyloniern." Herlinde meinte eine Familie aus dem Süden, geführt von einem Mann namens Imelot. Der Mann trug sogar den Namen des alten babylonischen Herrschers der Antike.

Ich kehrte zum Boot zurück, um Witold und meinen Sohn zu besuchen, und fand sie bei süßem Müßiggang auf dem Sonnendeck des Boots.

„Wenn ich euch abschießen wollte, wärt ihr schon tot", wollte ich sie mit meiner bedrohlichen Stimme überraschen. Jedoch wurde ich selbst überrascht, als ich feststellte, dass mein Sohn auf Witolds Liege lag und dem Riesen die Arme um den Hals schlang. Ich lief in allen Farben an in diesem peinlichen Moment und wusste nicht, welche Reaktion von mir erwartet wurde, daher löste ich die Situation auf.

„Macht was ihr wollt, aber ich will Enkelkinder." Ich drehte auf dem Absatz um und kehrte zu meiner Unterkunft zurück. Es war alles zu neu für mich. Ich habe zwar viel für meine Söhne gearbeitet, aber scheinbar vernachlässigt, mich mit den Jungs zu unterhalten. Wie wenig wusste ich über meine Söhne!

Das Wiedersehen

Ich schlief schlecht, geplagt von Albträumen und den Sorgen um meine verhafteten Jungs. Wie versprochen kam Herlinde ungefähr um acht Uhr in der Früh, machte vorsichtig die Tür auf und blickte hinein.

„Komm rein. Ich bin wach." Meine Stimme krächzte wie ein altes Radio, und ich räusperte mich etwas zu laut.

„Zurück, Monster. Ich bringe Futter, weiche zurück." Herlinde tat so, als würde sie einen Drachen bändigen wollen, was mich zum Lachen brachte, und darauf folgte ein Hustenanfall.

„Du bringst mich zum Lachen. Ich habe eine miese Nacht hinter mir." Ich setzte mich im Bett zurecht, Herlinde übernahm die Führung. Sie stellte das Tablett auf einen Nebentisch und machte die Fenster auf.

„Miray hat ihren Vater zur Weißglut gebracht", leitete sie das Getratsch ein.

„Was war denn los?"

42

„Sie weckte ihren Vater heute um sechs auf und behauptete, eine Vision gehabt zu haben, dass deine Söhne im Knast im Sterben lagen. Sie behauptete weiterhin, solang sie nicht sicher sei, dass es diesen Männern gut gehe, würde sie laut protestieren. Sie fühlt sich mitschuldig, weil sie dort nur wegen einem dummen Heiratsangebot landeten. Konstantin war nicht angetan, aber wenn Miray zornig wird, zeigt sie, dass sie alles andere als ein Engel ist." Herlinde setzte sich auf mein Bett und strich Butter auf ein Toast.

„Das ist aber lieb." Ich streckte meine Hand nach dem Toast aus, aber sie gab mir einen Klaps.

„Mach dir selbst einen. Ich habe noch nicht gefrühstückt." Ich befolgte die Anweisung und holte mir selbst einen Toast.

„Miray ist mit ihrer Anwältin nach Silivri gefahren und kommt nicht vor Ende des Nachmittags zurück. Sie sendete mir eine Message und bat mich, euch mitzuteilen, dass sie mit deinen Söhnen heute Abend zum Abendessen da sein wird. Wir essen in Ciya Sofrasi, daher zieht euch gut an." Herlinde servierte zwei Tassen Tee und gab mir ein Zeichen, eines der Gläser für mich zu nehmen.

„Ich weiß nicht, wie ich meine Dankbarkeit je angemessen ausdrücken kann." Ich wurde zu sentimental, was mir nicht gut steht. Am liebsten wäre ich weggerannt, aber meine Söhne bedeuten mir alles.

„Ich werde mir einiges überlegen. Hauptsache ihr helft Miray und mir raus aus diesem Sumpf hier. Konstantin versklavt uns, das hat keine Zukunft." Zum ersten Mal sprachen wir offen, unter welcher Tyrannei sie und ihre Chefin lebten. Ihre Offenheit machte mich etwas verlegen, aber ich gewöhnte mich schnell daran. Sie beruhigte mich, und dies half mir, Konstantins Hals nicht zu zerquetschen. Im Verlauf des Gesprächs sprach ich aus, was mich hinsichtlich Wigard und Witold so sehr störte.

„Das ist aber eine tolle Neuigkeit. Ich muss Niels unbedingt davon berichten." Sie holte ihr Handy aus der Gesäßtasche und begann zu tippen.

„Warte. Ich weiß nicht, wie seine Brüder sowas auffassen werden", flehte ich sie an, diese peinliche Situation nicht auszuplaudern.

„Berchter, mein liebes naives Knuddelchen, Niels weiß das längst. Ich kenne Wigard und brauchte nach drei Minuten mit ihm keine Aufklärung. Sei kein Spaßverderber." Sie tippte weiter, ergänzte die SMS mit einem Foto von uns beim Frühstück und sendete. Ich kam mir etwas dumm vor, weil sie mehr mit Niels teilte. Sie wusste mehr über Wigards Liebesleben als ich. Es war für mich alles so untröstlich.

Ich wurde mit Herlinde intim und vergaß meine Sorgen für eine Weile. Nachdem sie mich unter der Dusche verließ, konnte ich den Verlauf des Tages überlegen und mich wieder auf unsere Mission konzentrieren.

„Onkel", rief Rother, als er hereinplatzte. Ich war noch beim Aussuchen meiner Wäsche, während er sich über den Rest meines Frühstücks hermachte, berichtete ich über Mirays Vorhaben.

„Es wird kaum möglich sein, deine Söhne legal aus der Türkei zu bringen, fürchte ich. Wir müssen sehr diplomatisch vorgehen. Wenn Konstantin erfährt, wer ich bin, müssen wir uns eventuell auf Ärger vorbereiten. Ich hätte niemals gedacht, dass ein Ehevorschlag eine solche Eskalation auslösen konnte." Rother schaute auf den Hof hinaus.

„Konstantin befürchtet Machtverlust, wenn Miray heiratet und einen Teil der Geschäfte selbst übernimmt. Sie ist in Silivri, um Lupold und Erwin zu holen. Sie scheint ziemlich entschlossen zu sein. Das hatte ich nicht erwartet. Ich muss einige Telefonate erledigen und für heute Abend etwas einkaufen. Wir sind zu einem Dinner eingeladen. Meine Kleider reichen für ein formales Treffen nicht aus." Ich zog mich an und richtete meinen Rucksack für einen Einkaufsbummel.

„Wir haben keine BodygGuards, Onkel. Nimm Asprian oder Witold mit", schlug er vor.

„Ich glaube, sie sind mit Wigard und Fritjof zu beschäftigt", schnaubte ich.

„Onkel, sie sind erwachsene Männer. Lass das", befahl er und ließ mich allein mit meinen Sorgen. Sogar Rother war in deren Liebesleben besser eingeweiht als ich.

Einkaufen in Istanbul ist ein Abenteuer für sich, und ehrliche Händler zu finden, kostet Zeit. Mit Herlindes Empfehlungen gelang es mir, mich etwas eleganter zu kleiden. Der Tag war warm, und das Herumlaufen machte mich müde.

Wie erwartet, war der hintere Raum des Restaurants für Konstantin und seine Gäste gerichtet, überall war Sicherheitspersonal zu sehen. Bullige Männer mit Vollbärten und super frisierten Haaren wurden in Anzüge gezwängt, die scheinbar zwei Nummern kleiner waren als erforderlich und an verschiedenen strategischen Positionen platziert. Mir erschien es gefährlich, in deren Nähe zu gehen und von einem abgerissenen Knopf verletzt zu werden.

An der hinteren Ecke des enormen Tischs saßen Miray und meine Söhne. Erwin war abgemagert, und Lupold sah nicht besser aus. Scheinbar hatten die Tage im Knast beide sehr mitgenommen. Einige Schürfwunden in Lupolds Gesicht zeigten, dass er gefoltert wurde. Ich wäre am liebsten zu ihnen gerannt, aber noch mussten wir Distanz waren und vor allem Rothers wahre Identität verbergen. Mit mir kamen meine anderen Söhne Fritjof und Wigard, die auch merkten, dass man diskret sein musste. Asprian und Witold blieben mit drei anderen großen Kerlen an der Tür zu Konstantins Truppe und unterhielten sich. Als Konstantins Auto vorfuhr, erfasste die Kellner eine gewisse Unruhe. Sie liefen überall herum und gaben vor, die Sauberkeit der Gläser und des Bestecks zu überprüfen. Konstantin, arrogant und sehr von sich überzeugt, schritt zum Hauptplatz am Tisch und würdigte uns keines Blickes. Miray stand auf und ging entschlossen in seine Richtung.

„Diese Männer sind Freunde von Dietrich und seiner Truppe. Du solltest dich für das schämen, was sie erleben mussten!" ihr Zorn war diskret, aber kaum zu ignorieren.

Herlinde begleitete Konstantins Frau und winkte mir zu. Konstantin ignorierte die Proteste seiner Tochter und nahm Platz.

„Bitte, Tochter, ich erwarte zumindest ein Danke für meine Großzügigkeit. Ich habe zugelassen, dass diese Männer gegen das Gesetz hier sitzen dürfen." In diesem Moment wanderten meine Augen durch den Raum, und ich überlegte, wie viele Sekunden ich überleben würde, wenn ich mein Steakmesser an Konstantins Hals halten würde.

„Onkel, bitte", flüsterte Rother. Zu meiner Überraschung kam Asprian herein und brachte Rothers Gitarre mit sich. Zwei Kellner halfen ihm mit dem Anschließen des Instruments.

Der Geruch von kochendem Fett übertönte alle meine Pflegemittel und war für mich nicht appetitlich. Ich lebe seit über zehn Jahren praktisch vegetarisch.

„Lieber Konstantin, ich möchte mich bei deiner Barmherzigkeit bedanken und darüber hinaus auch bei deiner Tochter, die sich so sehr um diese Männer gekümmert hat. Jeder, der mich hört, soll wissen, dass keiner so nachsichtig ist, wie du es bist. Ich habe mir vorgenommen, mich für diesen Abend mit einigen Liedern zu bedanken." Er machte eine übertriebene Verbeugung und stimmte das Instrument.

Miray erklärte Lupold und Erwin als Gast des Hauses und arrangierte einen Hausarrest für beide in Konstantins Anlage. Beide versprachen, sich an die Abmachung zu halten. Rother, noch in seiner Rolle als Dietrich, bürgte für beide, und alles lief fast perfekt, bis Konstantin merkte, dass Lupold und ich uns zu lange unterhielten. Ich traute der alten Schlange nicht, daher prostete ich ihm mit meinem Glas zu und zog mich zurück. Rother machte eine Pause in seiner Vorführung und setzte sich neben mich.

„Sorge dich nicht, Onkel. Ich habe alles im Griff", versicherte Rother.

„Wie kannst du so sicher sein, dass wir hier mit meinen Söhnen wegfahren können", flüsterte ich.

„Niels führt gerade einen Auftrag für uns durch, der uns einen sicheren und baldigen Abschied garantiert." Ich betete nur, dass er Recht behielt.

Die Babylonier

Miray informierte die Anwesenden, dass sie sich selbst darum gekümmert habe, dass meine Söhne vom Knast in einem von Konstantins Gästezimmern neben meinem Zimmer untergebracht wurden.

Mirays Auseinandersetzung mit ihrem Vater konnte während des Abendessens, zu dem wir eingeladen waren, peinlich gut verfolgt werden. Selbst wenn man sprachlich manchmal nicht mitkam, reichte ein Blick in ihre zornfunkelnden Augen und auf den bemitleidenswerten Vater, der eine Stoffserviette mehrfach faltete, um den verletzten Stolz zu überspielen.

Die aggressive Stimmung zwischen Asprian und Konstantins Sicherheitspersonal wurde sekundär. Als ich sah, wie diese kleine und dünne Frau zu einem Monster mutierte, wurde mir bewusst, dass Mirays frisch entdeckte Selbstsicherheit allen neu war, und dies musste einen Grund haben.

Ich nahm den letzten Schluck meines importierten Biers und hörte zwei Schüsse auf dem Parkplatz vor dem Restaurant. Dort, wo ich saß, konnte ich gut zur Tür blicken. Meine Zwillinge holten Wurfmesser, die sie geschickt versteckt in ihren Stiefeln mitführten und positionierten sich an der Tür. Asprian holte einen verletzten Bodyguard hinter einem Auto und ein aus dem fahrenden Auto geworfenes großes Kuvert. Weitere Schüsse brachen die Ruhe des Abends ab. Passanten schrien und versteckten sich.

„Was ist denn los?", fragte Miray, und Rother sprang auf sie und drückte sie zu Boden, um sie zu beschützen.

So schnell wie wir reagierten, ebenso schnell verschwand das Auto, aus dem die ziellosen Schüsse fielen, in Istanbuls dunklen Gassen. Ich hörte noch, wie Witold auf sein Motorrad stieg und hinter den Ganoven herfuhr. Alle waren überrascht, doch Miray vergaß scheinbar den ganzen Schreck, gab sich fraulich und suchte Schutz an Rothers breiter Brust. Wenn sie meine Tochter wäre, und die Umstände nicht so ernst ausgesehen hätten, hätte ich sie sofort mit kaltem Wasser abgespritzt und beide voneinander getrennt. Es war offensichtlich, dass sie die Situation schamlos genoss. Rother schien etwas verloren zu sein und blickte hilfesuchend zu mir.

„Ich brauche auch jemanden, der mich beschützt", flüsterte Herlinde, und da ging mir ein Licht auf.

„Habt ihr das ausgeheckt?", fragte ich, während ich sie tröstete.

„Sei still. Wir besprechen das später. Kümmer dich um Konstantin", orderte sie. Ich konnte kurz eine SMS von Niels wahrnehmen, aber es war keine Zeit zum Lesen.

Es gab einen kurzen Wortwechsel über den Inhalt des Pakets, und ob man dieses aufmachen solle. Anschließend kam Asprian mit dem geöffneten Paket auf Konstantin zu und händigte ihm den geöffneten Umschlag aus.

Alle wurden still, und die erschrockenen Bedienungen des Restaurants verschwanden. Nur einer, der offensichtlich die Polizei anrief, war zu hören. Als dieser merkte, dass sein Anruf die Menge störte, legte er auf und verschwand ebenfalls.

Konstantin wurde kreidebleich und fasste sich dramatisch an die Brust. Langsam kniff er seine Augen zusammen.

„Imelot, dieser Arsch, erklärt Krieg gegen uns. Ich frage mich nur, wie bescheuert er ist. Das ruft nach Vergeltung." Konstantins Theatralik war für mich das Unerträglichste. Seine auf die Brust gepressten dicken kleinen Hände wirkten wie eine Karikatur. Er war ein verwöhnter, fetter alter Mann, der dachte, seine Gebiete und Geschäfte würden immer unangetastet bleiben. Keiner der Konkurrenten würde sich, gegen ihn stellen. Aber in unserer Branche muss man immer mit solchen Unannehmlichkeiten rechnen.

„Erlaube meinen Männern und mir, ihm diese Botschaft zu überbringen. Da werden sie erleben, wie sich ihre Gefangenen bewähren. Wir sind geübt und ein eingespieltes Team." Noch in seiner Rolle als Dietrich klang Rother überzeugend. Konstantin brauchte kaum drei Sekunden, um dem Vorschlag zuzustimmen, und nickte mit seinem rundlichen Kopf.

Witold war wieder am Parkplatz, Wigard sprach mit ihm. Konstantin gab uns die Adressen, um Imelot zu finden, das Abendessen wurde abgebrochen. Konstantin und seine Familie fuhren mit Herlinde nach Hause, und Rother und seine Truppe trafen am Parkplatz ein.

„Wenn alles nach meinem Plan läuft, sind wir bald zu Hause, aber zuerst müssen wir den Babyloniern einen Besuch abstatten", kündigte er an. Ich las die SMS meines Sohns. Dort teilte er uns mit, dass Herlinde vorbereitet sei und auf uns warte.

„Denkst du, dass es klug ist, uns in einen fremden Krieg einzumischen? Diese Babylonier scheinen seit langem Probleme mit Konstantin zu haben. Sie zu provozieren, könnte auch unseren Geschäften schaden", meinte ich. Ich wollte mit meinen Söhnen wieder nach Meran, und am liebsten hätte ich den Babyloniern selbst gegen Konstantin geholfen. Irritiert, dass ich nicht telefonieren konnte, nahm ich an, dass Rother wie erwartet, alles geplant habe.

„Das ist alles Teil meines Plans. Konstantin wird sich zweimal überlegen, ob er sich je wieder mit mir anlegt. Ich habe zwei Limousinen von Konstantin bestellt. Wir fahren sofort hin", Rother verlor keine Minute und schien für alles bereits eine Antwort zu haben.

Imelots Haus war beeindruckend und sehr modern. Sicher nicht so groß, wie Konstantins Palast, aber dort könnte ich bestimmt mit allen meinen Söhnen und deren Freundinnen leben. Noch waren sie nicht verheiratet. Das Haus war geräumig. Vom Eingang aus konnte man einen Swimmingpool in Form eines Halbmonds auf der hinteren linken Seite sehen.

Alles war still. Ich konnte das Auto, das uns angriff, nicht genau betrachten, aber ich sah auch keinen ähnlich großen Wagen vor der Tür. Ich vermutete in dem

Moment, dass Imelot eventuell eine Garage habe. Unterwegs konnten wir uns auch kaum unterhalten, da Rother am Telefonieren war.

Wigard ist sehr geschickt mit Elektronik und bekam Anweisungen von Rother zum Ausschalten des Alarms. Fritjof wurde beauftragt, sich mit Witold um das Wachpersonal am Eingang zu kümmern.

Asprian, Rother und ich warteten auf ein Zeichen von Fritjof. Als dieser uns zuwinkte, ging das Tor auf, und wir schlichen hinein. Drei Bodyguards und ein dürrer Mann waren mit Kabelbinder gefesselt, und Socken steckten in ihren Mündern.

„Leise", befahl Rother. „Fritjof, ruf Konstantin her und sage, dass die Lage sicher ist, er darf die Botschaft persönlich übergeben", fügte er hinzu.

„Rother, es ist zu früh. Wir sind nicht vorbereitet und wissen nicht, wie viele drinnen sind", sagte ich in meiner Naivität.

„Es ist in Ordnung, Onkel. Ich erkläre gleich alles, aber nicht jetzt", beendete er meine Proteste.

Asprian war bereits an der Tür, und Witold stieg über eine Ranke zum oberen Stockwerk. Lupold und Erwin waren am Swimmingpool. Ich hörte dumpfe Geräusche von Männern, die zu Boden fielen. Fritjof schloss die Eingangstür auf, und alle sprangen hinein. Es gab kaum Widerstand. Asprian griff mit seiner Pranke den kleinen Imelot vom Sofa, wo sie die türkische Version von Tanzen mit den Stars anschauten, und hob ihn hoch. Seine Frau und die zwei Töchter zitterten in der Überraschung und schrien laut.

„Verpasst allen einen Knebel, und bringt die Frauen hinauf." Er verstand die Flüche nicht, die das jüngere der Mädchen aussprach, aber es war sicherlich nichts Nettes. Sie besaß den gleichen Zorn und dieselbe Kraft, die ich bei Miray erkannte. Asprian zwang Imelot, etwas einzunehmen, das er aus seiner Tasche hervorbrachte.

Vom großen Wohnzimmer hat man einen guten Blick zur oberen Etage. Witold führte eine Choreografie des Todes, die für einen Berserker in seiner Größe kaum zu erahnen war. Er griff kleine Bilderrahmen aus der Wand und warf diese geschickt wie Shurikens gegen einen Sicherheitsmann, der kaum die Chance hatte zu reagieren. Der zweite, den er auch unvorbereitet erwischte, sprang zu Boden. Witold rammte die Faust ins Gesicht des ersten, der sofort zu Boden fiel, während die geübten Hände des zweiten nach einer Waffe griffen. Wir durften unsere Schusswaffen leider nicht mitbringen, aber dafür haben wir keinen getötet.

Von irgendwo warf Witold eine bronzene Statue hinauf, und diese fiel genau auf den Kopf des zweiten Bodyguards. Ein Schmerzensschrei, ein weiterer

Faustschlag von Witold, dann war Ruhe. Mein Herz raste, aber ich brachte die Frauen zum oberen Schlafzimmer. Erwin schrie laut, dass das Haus sicher sei, und alle Gefangenen wurden zusammen zum Wohnzimmer gebracht, bis auf die Damen, die ich an die Heizung band.

Fritjof installierte einige Wanzen, wie ich mitbekam. Jedoch war nicht der richtige Zeitpunkt für Fragen.

Kaum zwanzig Minuten, nachdem Fritjof Konstantin anrief, war dieser mit zwei Autos vor Ort. Sein Gehabe war lächerlich. Er spazierte herein, als wäre er der neue König von Istanbul.

„Erstaunlich. Ich hatte wirklich nicht geglaubt, dass ihr das ohne Schusswaffen schaffen könnt. Ich muss zugeben, dass ich eine Wette verloren habe." Er lächelte wie eine Kröte und ging zu den gefesselten Männern, die am Boden saßen. Imelot versuchte zu sprechen, aber die Socke in seinem Mund hinderte ihn daran. Das Medikament, das Asprian ihm verabreicht hatte, wirkte zu langsam. Rother war sichtlich besorgt.

„Du Wurm. Du denkst, du kannst in dieser Stadt Drohungen aussprechen?" Konstantin spuckte in Imelots Gesicht. Imelot versuchte weiterzureden und verneinte irgendetwas. Als er anfing zu weinen und weiter seinen Kopf hin- und herbewegte, sprang Rother vor Konstantin und schlug heftig mit seiner linken Hand auf das Gesicht des ängstlichen Imelot.

„Schnauze", grollte Rother.

Beeindruckt von Rothers Haltung, schaute Konstantin ihn mit Bewunderung an.

„Hätte ich einen Sohn, hätte ich mir gewünscht, dass er so wäre wie du", sagte er stolz.

„Wir können später darüber reden, aber ich will sicher sein, dass die anderen Männern von Imelot dein Haus nicht angreifen, während wir hier den Sieg feiern", sagte Rother, gewandt wie immer.

Mir wurde klar, dass Rother sich alles zuvor überlegt hatte, als ich eine SMS von Niels bekam. Dort teilte er mir mit, dass die Hafenangelegenheiten für unsere Fahrt geklärt seien. Uns blieb nicht viel Zeit.

Wir hinterließen Konstantin mit seinen Männern bei Imelot, der nach Rothers Schlag in Ohnmacht gefallen war.

Wir stiegen in unsere Autos, bis auf Witold, der mit seinem Motorrad uns vorausfuhr.

„Erkläre mir, was da los ist, Junge. Ich bin etwas zu alt, um unwissend zu bleiben", monierte ich.

„Es war erforderlich, dass du nicht eingeweiht bist, weil du dich verraten würdest, wenn du alles im Voraus gewusst hättest. Die Männer, die das Restaurant angegriffen haben, waren von Niels auf meinen Befehl beauftragt." Ich wurde sauer, denn ich fand es respektlos, mich nicht in den Plan einzuweisen.

„Papa, sei nicht kindisch. Ich habe das vorgeschlagen", sagte Wigard.

„Mit dir rede ich noch, wenn wir zu Hause sind", schnaubte ich.

„Bis Konstantin feststellt, dass das Ganze nur gespielt ist, dauert etwas länger. Imelot schläft mit dem Mittel, das Asprian ihm verabreicht hat. Alle sollen zum Boot fahren. Ich fahre mit Miray hinterher", sagte er und bog zu Konstantins Haus ein.

„Was? Sogar sie ist eingeweiht, aber ich nicht? Und sage bloß nicht, es sei für mich das Beste. Ich bin in diesem Geschäft länger als ...", alle sprangen vom Auto und ließen mich weiter protestieren.

Konstantins Frau kam an die Tür und sah erstaunt, wie alle an ihr vorbeirannten.

„Dietrich, wo ist mein Mann?", fragte sie.

„Er kommt bestimmt bald. Wir sind leider in Eile, weil wir mit Verstärkung zu ihm zurückkommen müssen. Imelot hat ihn gefangen genommen", log Rother.

Sie heulte und schaute um sich, ich nehme an, sie suchte nach ihrer Tochter.

„Keine Sorge. Wir werden uns darum kümmern", versprach er.

In der nachfolgenden Minute sah sie, dass alle Männer mit Taschen zum Auto rannten, und zum Schluss kamen auch ihre Tochter und Herlinde mit gepackten Taschen.

„Was geht denn hier vor?", staunte sie.

„Mutti, Dietrich ist König Rother aus Bari. Er kam in meinem Auftrag mit seinen Männern, um mich zu befreien. Wir haben keine Zeit, denn wenn Vater da ist, werden er und seine Männer mich weiterhin versklaven. Der Vorfall, dass er diese Männern sogar in den Knast werfen ließ, ging zu weit. Ich muss auch an mich denken." Miray küsste ihre Mutter zum Abschied.

„Ich weiß, mit welcher Art von Mann ich mich eingelassen habe. Fahr, aber sei vorsichtig, und ich wünsche euch Glück. Er wird sich rächen wollen. Du weißt, ich habe keinen Einfluss auf sein Handeln", entschuldigte sich Konstantins Frau.

„Niels hat einen Alarm gesendet. Wir müssen sofort aufbrechen. Scheinbar sind Konstantin und seine Männer auf dem Rückweg", warnte Wigard.

Alle führen los. Wir erreichten unser Boot in weniger als einer Viertelstunde.

Als wir endlich weit in Richtung Rhodos fuhren, kam Herlinde zu mir.

„Ich glaube, dass ich arbeitslos wurde", stellte sie fest.

„Wir finden etwas Passendes für eine begabte Frau wie dich. Denkst du, dass Miray und Rother ein Paar werden?", bezweifelte ich.

„Keine Ahnung. Fürs Erste eventuell ja, aber er ist der Boss in Bari, und wenn sie heiratet, übernimmt sie das Geschäft der Familie. Eine Frau in der Türkei träumt von einer solchen Macht. Ich weiß nicht, was sie plant. Aber eins ist sicher, sie genießt die Rolle der verlorenen Damsel", lächelte sie mich an und zeigte mit dem Finger auf Rother und Miray, die auf dem Sonnendeck waren.

„Aber Rother hätte mich zuvor einweisen sollen", monierte ich weiter.

„Du magst der Boss in Meran sein, aber du bist kein Schauspieler. Ich muss ihm zustimmen, dass deine Überraschungsreaktion mehr geholfen hat, als man sich wünschen konnte." Sie küsste mich, und ich genoss ihre Liebkosungen.

Die Rache der Bosse

Wir kamen ziemlich schnell wieder nach Bari, und ich war überrascht, dass alles so geschmeidig lief. Doch der Morgen danach kam, und Mirays Mutter meldete sich mit unangenehmen Neuigkeiten.

Sie berichtete, dass Konstantin außer sich sei. Ihm vorzutäuschen, dass Imelot ihn attackieren würde, hatte beide nur vereint. Alle Meldungen ihrer Mutter hörten aber am Nachmittag abrupt auf, und Miray war um deren Sicherheit besorgt.

„Diesen Teil der Geschichte habe ich wirklich nicht berücksichtigt. Ich dachte, dein Vater würde deine Mutter lieben", sagte Rother etwas resigniert, als er seinen Fehler erkannte.

„Wir sind Oberhäupter von Familien in einer traditionellen Organisation, Rother. Wir heiraten nicht, weil wir unseren Hormonen folgen, aber weil wir Allianzen schließen. Sicher kann die Liebe irgendwo entstehen, aber ich bin nicht die Prinzessin im Turm. Wenn Konstantin seine Beherrschung ganz verliert, ist das Leben meiner Mutter nichts mehr wert. Ihre Familie ist zwar einflussreich, aber Verrat gegen den eigenen Ehemann wird in meinem Land sogar von der eigenen Familie verfolgt." Sie nahm einen Schluck von ihrem Tee und überlegte für sich, wie die beste Lösung für diese Situation aussehen könnte.

„Wir könnten deinem Vater eine Allianz vorschlagen", sagte Rother unüberlegt.

„Willst du wieder im Knast landen? Wenn ich heirate, übernehme ich die Macht in unserer Familie. Die Familie meiner Mutter verfolgt einen anderen Glauben. Bei uns sind Frauen nicht grundsätzlich dem Mann untergeordnet, und da ich keine Geschwister habe, darf ich die Geschäfte übernehmen. Ich muss mich zurückziehen und überlegen, wie ich dieses Problem lösen möchte. Anfangs dachte ich, nur weg von meinem Vater zu fliehen, aber die Konsequenzen, muss ich zugeben, habe ich zu wenig bedacht. Ich bedanke mich insbesondere bei Niels, lieber Berchter." Sie überraschte mich, aber mir war klar, dass Niels hinter dem Ganzen mitmischte.

Es vergingen drei Tage. Rother holte unerledigte Aufgaben nach, und ich feierte mit meinen Söhnen und einigen Schwiegertöchtern die Rettung meines Lupold und Erwin. Als alle zur Normalität zurückkehrten, kam Arnold, mein zweitältester Sohn zu mir.

„Kommst du mit Wigards und Fritjofs Entscheidungen klar?" Er nahm mich in seine kräftigen Arme und drückte mich. Die Zwillinge waren auf unbestimmte Zeit nach Tarent gezogen.

„Das war alles zu neu für mich. Ich wusste, dass beide sich nicht für Frauen interessieren, aber ich dachte, dies wäre nur eine Phase", jammerte ich. Das war wirklich erbärmlich, und heute denke ich anders, aber für die Vergangenheit kann man sich nur entschuldigen, aber sie nicht ungeschehen machen.

„Papa, wir alle wussten, dass es irgendwann dazu kommen würde. Sie sind jetzt erwachsen. Ich bin froh, dass beide sich mit Freunden der Familie ihr Leben gestalten können. Asprian und Witold sind nicht arm, und hier sind wir zu viele. Du hast mehrere Jahre das hier allein verwaltet, und wenn wir das Geschäft durch sieben teilen, bleibt kaum genug, um den Anwalt zu bezahlen. Wir werden alle neue Wege finden müssen. Sieh es von der positiven Seite: Jetzt kannst du in Tarent umsonst Urlaub machen." Das war auf jeden Fall ein positives Argument. Ich mochte Asprian und Witold auch. Der Moment war unvergesslich schön, bis ich hinter mir hörte, wie sich die Räder von Niels Rollstuhl näherten.

Er gab mir sein Tablet, und dort war zu lesen, dass Konstantin ein Kopfgeld auf die Rückholung seiner Tochter gesetzt hatte.

„Hast du Rother informiert?", fragte ich.

„Ja. Angeblich hat der Wunderheiler den Auftrag angenommen", sagte Niels. Der Wunderheiler war bekannt wegen Betrugs, aber niemals als Kopfgeldjäger, doch dies waren harte Zeiten. Er hat bestimmt ungern den Job angenommen. Aber ein Gauner wie er konnte für alle Beteiligten mehr Ärger bedeuten.

„Wenn die Gerüchte stimmen, kommt der Wunderheiler mit sechzig Männern nach Bari, um Miray zu entführen", informierte er mich.

„Warten wir, bis Rother sich meldet. Ich muss noch einiges organisieren, und jetzt fehlen mir vier von meinen Kindern." Lupold sollte am Nachmittag mit Erwin nach Ibiza auf Erholungsurlaub fliegen. Ich musste mit Arnold, Niels und Erik alles erledigen.

Herlinde kam am nächsten Tag nach Meran. Wie sie mir erklärte, hatte sie Konstantins Gehabe satt, und Mirays Pläne sollten sich ohne sie verwirklichen.

Ich holte sie am späten Nachmittag am Bahnhof ab, als sie den Mietwagen abgegeben hatte.

„Tausend Kilometer", sie pfiff durch die Zähne. „Mein Hintern ist platt wie ein Pfannkuchen. Über zehn Stunden zu fahren, bin ich nicht mehr gewohnt." Sie schaute symbolisch auf ihre Hinterbacken und tat so, als seien diese verschwunden. Ich versicherte ihr, dass sie nicht verschwunden waren.

„Jetzt darfst du dich einige Tage erholen", versprach ich.

„Ich hoffe, du hast wirklich einen Swimmingpool. Ich habe die schärfsten Badeanzüge in Bari gekauft, bevor ich gefahren bin. Wenn ich sie nicht anziehen kann, fahre ich sofort nach Bari zurück." Sie küsste mich mit einem Arm um meinen Hals und blickte zu Arnold hinter mir.

„Wer ist der schöne Mann hinter dir? Willst du mich nicht vorstellen?" Ihr Lächeln war ansteckend, sie brachte wieder Freude in mein Leben.

„Arnold, darf ich dir Herlinde vorstellen?"

„Wir kennen uns, aber nur über Fotos von Niels Profil. Willkommen in Meran", begrüßte er sie.

„Das ist das erste Mal seit mindestens sieben Jahren, dass ich ohne Miray und in Urlaub bin. Ich kann selbst nicht glauben, dass ich so lange keinen Urlaub hatte." Herlinde zog einen Hut aus ihrer Tasche, und während sie diesen aufsetzte, nahmen Arnold und ich ihre zwei kleinen Koffer.

„Hast du das da?", fragte ich.

„Was denn? Wir sind aus Istanbul geflohen, und ich will die Nonnenkleider aus der Türkei nie wieder tragen. Ich verbrenne sie nicht aus Rücksicht auf die Umwelt. Ich will meine Haare offen tragen, und ich will niemandes Dienerin mehr sein. Alles, was du da siehst, ist mit meiner Abfindung von Konstantin erworben." Sie zeigte auf sich und die beiden kleinen Koffer.

„Hat er dir eine Abfindung bezahlt?", fragte ich unsicher.

„Nein, ich habe seinen Safe gestohlen. Die Geheimzahl steht auf einem Zettel auf seinem Arbeitstisch. Er wird bestimmt auch auf mich sauer sein, aber da seine Tochter mit in die Kasse gegriffen hat, musste ich auch an mich denken, oder?" Arnold und ich nickten und liefen ihr hinterher.

„Wo ist dein Auto? Wenn ich mit diesen Pumps bis zu deinem Hof gehen muss, würde ich lieber hier erschossen werden. Diese neuen Schuhe kneifen überall." Sie ist fabelhaft, ob sie meckert oder lacht. Sie wurde zu meiner Muse. Ich sah zum ersten Mal ihre Beine frei, anstatt unter langen Röcken verborgen. Sie endeten in einem Paar offener zarter Schuhe, die bestimmt zu kalt für den Frühling in Meran waren, aber sie hielt sich tapfer und lief weiter.

„Wir werden keine Kugel an dich verschwenden. Lieber trage ich dich zu uns nach Hause. Wir brauchen eine Frau, die bei uns aufräumt", wollte ich sie provozieren.

„Tolle Idee, und wenn sie noch Drinks mixen kann, bezahl sie gut, denn solches Hauspersonal findet man selten", überraschte sie mich mit ihrer Schlagfertigkeit.

Wir kamen nach Hause, und eins der Gästezimmer im unteren Stockwerk war für sie bereits eingerichtet. Sie blickte auf mein Haus und durch das große Fenster zum Hinterhof, wo Apfel- und Limonen-Bäume Schatten spendeten.

„Das ist ja ein Traum", schrie sie. „Du musst Niels sein", setzte sie fort.

„Hast du am Rollstuhl erkannt?"

„Sei nicht töricht. Welche Frau würde nach dem Stuhl schauen, wenn so süße Augen sie anblicken? Auch diese Grübchen erkenne ich." Herlinde gewann Niels

Herz in diesem Moment mehr als ich in meinem ganzen Leben.

Wir setzten uns an den Gusseisentisch im Garten, als eine SMS in Niels Handy unsere Aufmerksamkeit raubte.

„Der Wunderheiler ist in Bari angekommen", sagte er.

„Ich fasse es nicht. Dieser schwanzlose Lurch denkt, dass er Miray entführen kann? Er ist unfähig, seinen vermoderten Apfeltee auf dem Markt zu verkaufen. Er soll froh sein, wenn sie ihn nicht abschießt", sagte Herlinde und lachte über die Vorstellung, dass dieser Mann Miray etwas antun könnte.

„Meinst du, dass Konstantin einem unfähigen Mann einen solchen Auftrag erteilen würde? Er hat immerhin eine große Truppe bei sich, wie ich gehört habe", warf Niels ein.

„Der Wunderheiler hat seinen Namen aus einer Geschichte, dass er Kieselsteine verkaufte, die alles heilen sollten. Naive Menschen von überall kamen bei seiner ersten Reise nach Bari auf ihn zu. Er behauptete weiterhin, dass Blinde sehen würden, und Behinderte könnten im Besitz des Steins sogar wieder gehen. Sorry, Niels, ich hätte eventuell diesen Teil der Geschichte auslassen sollen, aber ja, dieser Wurm erzählte sogar das. Er verkaufte tatsächlich die Kieselsteine, die er am Lido

San Francesco Stunden zuvor geholt hatte. Es waren nicht mal Halbedelsteine." Eine Dame von meinen Hausangestellten, Juliana, brachte uns Mimosas, und Herlinde setzte nach einem Schluck ihren Redeschwall fort.

„Schatz, las mich mal diesen Namen erfahren. Das sind Mimosas, oder?", fragte Herlinde.

„Ja. Fritjof hat sich um die Barkultur im Haus gekümmert, und für jeden Drink, den er im Urlaub kennenlernte, hat er in der Küche das Rezept hinterlegt. Juliana kennt sich gut damit aus." Arnold erklärte, aber ich bin mir sicher, dass Herlinde nicht ganz aufpasste.

„Am nächsten Tag oder wie auch immer danach, reklamierten die Menschen, dass die Steine nicht wirkten." Herlinde setzte eine dramatische Pause an und bereitete sich auf den Höhepunkt der Geschichte vor, aber zuvor nahm sie einen Schluck ihres Drinks.

„Erzähl weiter", bat Niels.

„Klar, mein Schatz, mein Hals war nur trocken. Er sagte dann, dass die Steine, um ihre Wirkung zu entfalten, von einer Jungfrau berührt werden müssen. Kann man glauben, dass jemand denkt, dass an Jungfräulichkeit etwas Heiliges ist? Ich lachte mich wirklich jedes Mal kaputt, wenn er diese Geschichte erzählte. Er ist kein böser Mensch, aber ein guter Betrüger. Ich denke, dass er Konstantin über den Tisch gezogen hat und will sich mit dem Geld, das er von ihm bekommen hat, nach Italien absetzen. Er wird auch alt." Herlinde nahm meinen Arm und legte ihn um ihre Hüfte.

„Meinst du wirklich, dass er mit sechzig Männern anreist?", fragte ich.

„Aha, das ist sein Trick. Nein. Er hat die Rechnung für sechzig ausgestellt, aber er wird wenn überhaupt allein anreisen. Er hat keine Führungsqualitäten. Kein gesunder Mensch würde ihm folgen." Herlinde kannte sich im Haus Konstantin gut aus, daher nahmen wir alles ab, ohne zu hinterfragen.

Herlinde war müde und ich auch. Nach einem Kinoabend in unserem Videoraum gingen wir alle zu Bett.

„Was denn? Soll ich allein in diesem Zimmer hier schlafen?", fragte Herlinde. Ich ging keinen Schritt mehr weiter und blieb die Nacht bei ihr.

Für zwei Tage genossen wir Ruhe, und Herlinde suchte nach ihrem Platz. Wir kannten uns erst seit kurzer Zeit, aber in diesen zwei Wochen, wurde sie sehr wichtig für mich. Ich dachte nicht daran, sie gehen zu lassen. Ich hatte auch das Gefühl, dass sie mich schätzte.

Herlinde fand leichter Zugang zu meinen Söhnen. Insbesondere mit Wigard und Fritjof. Sie teilte alle ihre Erfahrungen per Telefon mit, und ich zog mich meistens diskret zurück. Ich fühlte mich etwas überfordert mit deren Entscheidung, in Tarent zu verweilen, aber wie

Arnold sagte, sie sind beide erwachsen, und ich denke, meine Ansichten interessieren beide auch nicht mehr.

Ich telefonierte mit Rother, um zu erfahren, ob er meine Hilfe benötigte, aber er schien mit Miray bereits einen eigenen Weg zu beschreiten.

„Miray will ihrer Mutter helfen. Ich muss zugeben, dass ich das hätte einplanen sollen. Die Dame dort allein zu lassen, war rücksichtslos von mir, und Miray selbst dachte nicht darüber nach. Der Wunderheiler bat um ein Friedensgespräch. Er ist über uns sehr gut informiert, und meine Kontaktdaten hat er auch. Wir treffen ihn zum Mittag in einem Restaurant am Castello Normanno-Svevo. Ich bin sicher, dass er nicht in Begleitung ist. Die Geschichte, dass er mit so vielen Männern kommen würde, scheint mir erfunden zu sein, und Miray meint dies auch. Wir werden vorsichtshalber einige Männern rund um das Restaurant postieren." Rother erklärte mir die Lage, aber ich musste noch einiges in Meran erledigen, daher konnte ich mich nicht um seine Sicherheit kümmern.

Am gleichen Abend bekam ich eine SMS von Rother mit einem ‚Alles in Ordnung', was nicht viel bedeutet, aber zumindest war er sicher. Nach einem Tag ohne Rückmeldungen griff ich selbst zum Telefon und rief ihn an.

„Junge, was ist denn los? Du lässt mich hier ohne Informationen?", redete ich sofort los, als er das Gespräch annahm.

„Es war nicht möglich, Onkel Berchter. Miray ist vor ungefähr einer halben Stunde nach Istanbul gefahren. Sie will das selbst regeln. Wir vereinbarten, dass ich nachkomme, aber inkognito. Keine große Mannschaft wie letztes Mal. Sie meinte, dass seine Männer uns ohne zu fragen abschießen würden. Konstantin nimmt die Angelegenheit sehr persönlich. Der Wunderheiler ist angeblich neutral und will auch mit Konstantin für Miray verhandeln. Jedoch wenn etwas nicht klappen sollte, würde ich ihr nachfahren und sie zurückholen", erklärte er.

„Liebst du sie?", wollte ich wissen.

„Onkel, in so kurzer Zeit und in so einer Situation konnte ich kaum zwei Nachmittage allein mit ihr verbringen. Ich bin sicher an der Ehe mit ihr aus geschäftlicher Sicht interessiert, und das habe ich ihr auch so erklärt", fasste er zusammen.

„Das ist aber sehr gefühllos von dir. Wie hat sie reagiert?"

„Sie will sich von ihrem Vater befreien und mit wessen Hilfe auch immer die Geschäfte selbst führen. Sie ist keine verlorene Prinzessin, sagte sie selbst, sie ist sehr selbstbewusst. Da sehe ich eine große Gemeinsamkeit in uns, eventuell wird das Liebe", insistierte Rother.

„Wir gehören verschiedenen Generationen an. Zu meiner Zeit wären Frauen bei dieser Einstellung sofort weggerannt. Egal, du musst es wissen. Ich fahre aber mit dir und nehme Arnold mit. Wir kommen mit dem Privatjet in drei Stunden an. Alle anderen sind in Urlaub."

„Ja, die Zwillinge haben mich gestern mit deinen neuen Schwiegersöhnen besucht." Rother lachte, da er wusste, wie ich mich diesbezüglich fühlte, und ich legte ohne zu antworten auf. Das war für mich noch zu viel.

Die Rettungsmission

„Du willst ernsthaft wieder nach Istanbul?", fragte Herlinde zornig.

„Ich bin sein Patenonkel, und ich versprach seinem Vater, auf ihn aufzupassen. Das ist Familienehre", versuchte ich ihr diese Idee plausibel zu erklären.

„Das lasse ich mit Graffiti auf deinen Grabstein schreiben. Miray kann auf sich aufpassen. Ich habe mit ihr telefoniert, und sie ist entschlossen, ihre Mutter zu holen. Der Wunderheiler weiß auch, dass sie das nächste Oberhaupt in Istanbul ist, daher wird er sich auch nicht mit ihr anlegen wollen." Sie stampfte mit ihren kleinen Feenfüßen auf den Boden, und dabei wackelte ihr weißer

Hut mit breiter Krempe wie in einem Cartoon. Ich lachte, und sie gab mir einen Faustschlag auf die Schulter.

„Es ist nur eine kurze Reise. Wir fahren hin, holen Miray und ihre Mutter und fliegen wieder zurück. Wir sind nur eine kleine Truppe, daher kann ich auch mit meinem Flugzeug hinfliegen", beruhigte ich sie.

„Weiß du, wie schwer es ist, einen Mann mit Charakter zu finden?", schnaubte sie.

„Nicht ganz, aber so wie ich verstehe, meinst du, dass ich so ein Mann bin." Sie schaute zu Boden, und ich sah eine kleine Träne.

„Lass das. Es ist kein Todeskommando, und Arnold ist bei mir. Genieße etwas von der Farm, und ich gehe mit Erik zur Stadt und kaufe dir etwas ein. Ich halte mit Niels Kontakt. Er wird dir über unsere Erfolge berichten." Gerade in diesem Moment waren Niels und Erik auf dem Weg zu uns, und es wurde für mich leichter, die Gefahr der Lage zu beschwichtigen. Für uns waren die Geschäfte mit Istanbul wichtig, aber mir wurde klar, dass wir mit Konstantin fertig waren. Wenn jemand sich erlaubt, die Grenzen des Anstands zu überschreiten, waren Konsequenzen zu erwarten. Auch seine treuen Babylonier würden ihn verlassen, sobald er nicht mehr so sicher auf seinem Posten saß.

„Irgendetwas läuft scheinbar nicht wie erwartet." Niels schob seine Brille auf seine Nase. Das machte seine Mutter auch, als sie mir noch in meinen Geschäften assistierte.

„Was ist passiert?", wollte ich wissen.

„*Resimdeki kadın*, eine Frauenzeitschrift kündigte die Hochzeit von Miray und Basilistion an. Eine kurz entschlossene Handlung von Konstantin. Scheinbar will er damit Frieden zwischen seinem Haus und den Babyloniern und dabei sicherstellen, dass der Nachfolger in seinem Sinne handelt. Die Hochzeit soll morgen Nachmittag in kleinem Kreis gefeiert werden", fasste Niels zusammen.

„Wer ist dieser Basilistion?", wollte ich wissen.

„Das ist der Sohn von Imelot. Ein Wurm, wie sein Vater und ein Mann ohne jegliche Moral. Ich fahre mit euch." Herlinde wartete nicht auf Proteste oder Widerrede und ließ uns mit heruntergeklapptem Kiefer zurück.

„Bist du sicher, dass du sie weiter anbaggern willst? Sie scheint sehr widerspenstig zu sein", sagte Arnold.

„Hast du bereits Angst vor ihr? Dann ist sie die Richtige", sagte ich und lachte.

Wir flogen nach Bari und von dort zu einem kleinen Flughafen außerhalb Istanbuls. Rother wollte nicht auffallen, was uns scheinbar gelang.

So eine Hochzeit platzen zu lassen, würde uns zu viel Presse bringen. Ich warnte Rother, und er schien dies berücksichtigt zu haben.

„Ich habe mit Niels alles bestens organisiert. Arnold muss nur wissen, wann er auftauchen soll. Auch unsere Männer aus Tarent werden uns beistehen. Wir werden diesmal keinen Fehler machen", sagte Rother selbstsicher.

Rother- und Berchter-Mission

Rother und ich verkleideten uns als Hochzeitsgäste. Die Zusammenstellung unserer Kleidung war eventuell zu naiv, aber effektiv genug, um am Türsteher vorbeizukommen. Niels loggte sich in die Datenbank des Partyservices und trug nach Herlindes Anweisungen unsere falschen Namen ein. Übrigens, diese falschen Ausweise benutzten wir bei anderen Gelegenheiten schon seit Jahren. Dies garantierte auch deren Echtheit. Herlinde bestand darauf, allein über den Personaleingang zu gehen. Soweit meine Augen sie verfolgen konnten, war sie ohne jegliches Hindernis hineingegangen.

Miray und ihre Mutter saßen gut bewacht am Ehrenplatz, und der Bräutigam Basilistion auf der anderen Seite und versuchte, sich den Gästen als

Gewinner zu präsentieren. Die Familie von Miray wurde absichtlich zu spät eingeladen, so war keiner zu ihrer Unterstützung dort.

Obwohl sie die Erbin war und ihre Mutter das Geld von ihrer Familie bekam, war das Gesetz in diesem Land so gestaltet, dass sie das Geld nur durch die Vormundschaft eines Mannes nutzen konnte. Mirays Mutter war unterwürfig oder lernte unter unbeschreiblichen Umständen, dies zu sein.

Konstantin ließ sich beim Begrüßen der politischen Gäste Zeit, und eine infernale Musikantengruppe spielte traditionelle Musik. Sie waren alles andere als begnadete Musiker. Unter dem Lärm eines besonders leidvollen Stücks sah ich, wie Herlinde sich rund um den Tisch bewegte. Ihr Gesicht war von einem Niqab verhüllt, aber ich erkannte ihren Gang.

„Was willst du denn tun? Miray hier zu entführen, scheint mir unmöglich zu sein", bemerkte ich.

„Arnold ist noch unterwegs. Wenn er erfolgreich ist, wird Mirays Familie uns unterstützen. Ich will nur Miray diskret informieren, dass wir da sind und sie bitten, Zeit zu schinden." Rother schaute auf sein Handy und vermisste irgendeine Nachricht.

„Willst du sie nur des Geldes wegen heiraten?", insistierte ich. Ich war ein Gegner solcher Allianzen. Die Ehe sollte auch einen besonderen Wert haben. So wurde ich erzogen, und die Vorstellung, dass mein Patenkind so missraten könnte, widerstrebte mir.

„Anfangs vielleicht ja, aber wir sind uns in diesem Abenteuer nähergekommen. Sie ist alles andere, als ich mir vorstellte, und sie ist weder dumm noch oberflächlich. Wir entdeckten in den letzten Tagen viele Gemeinsamkeiten. Würde ich nichts für sie empfinden, wären wir auch nicht hier. Ich bin sicher, dass ich einiges für sie empfinde, aber lass uns das später diskutieren." Ich war beruhigt, aber noch unsicher, ob Rother diesmal alles richtig bedacht hatte. Die großen Sicherheitsmänner rund um die Gäste waren kräftig, und bestimmt könnten einige von ihnen mich mit einer Hand zerquetschen.

„Hallo, eure Kostüme sehen absolut dämlich aus, aber das passt zum Anlass", flüsterte Herlinde hinter uns. Es waren fast zweihundert Gäste im Garten, und ich war sicher, dass wir sogar ohne jegliche Verkleidung unentdeckt bleiben konnten.

Niels sendete eine SMS an mich. Dort informierte er, dass wir die Vermählung circa vierzig Minuten verzögern mussten, weil Arnold noch unterwegs war und Miray weiterhin seine Anrufe nicht beantwortete.

Dies war klar, denn wie sie und ihre Mutter dort saßen, war ich mir sicher, dass sie weder mit Handy noch anderweitig Kontakt aufnehmen durften.

Basilistion stand auf und klopfte mit einem Löffel an seinen Sektkelch, um Aufmerksamkeit zu bekommen.

„Dieser kleine Wurm könnte besser Aufmerksamkeit auf sich ziehen, wenn er sich mit Benzin begießen w...", monierte Herlinde.

„Sei bitte still. Wir dürfen nicht auffallen. Was sagt er?", bat Rother sie, die Rede zu übersetzen.

„Er dankt den Gästen, die dieser kurzfristigen Familienfeier beiwohnen können, und verspricht, dass durch seine Verbindung mit Konstantins Familie das Land vom starken Einfluss, den beide Familien im Ausland genießen, profitieren wird. Er gewann das Vertrauen Konstantins, indem er den Verräter Rother besiegte und bald alles tun wird, um andere Wege für den Handel zu finden, damit Bari seinen Einfluss verliert. Rother wird hergeholt, und er soll vom Rache-Baum in Konstantins Garten hängen wie andere zuvor." Während Herlinde sprach, sah ich, wie sich Rothers Gesicht voller Zorn verwandelte.

„Danke, Herlinde, den Rest verstehe ich auch ohne Übersetzung. Ich werde versuchen, Miray mitzuteilen, dass wir da sind. Bleibt ihr hier", befahl er.

Rother bewegte sich geschmeidig durch die Gäste und erreichte den Tisch ein oder zwei Meter von Miray entfernt. Jedoch stellte sich einer der Riesen im Dienste von Konstantins Sicherheit ihm in den Weg und zeigte Rother mit dem Finger, dass er sich entfernen solle.

Ohne Protest lächelte Rother und ging langsam rückwärts. Sein Gesicht war von einem Tuareg-Tuch leicht bedeckt. Tuaregs sind in der Türkei kaum zu sehen, aber nicht ganz fremd. Miray blickte zu ihm und erkannte ihn an seiner Hand, sein Familienring, den er ihr zuwarf. Sie nickte diskret. Außer mir und Herlinde hatte dies bestimmt niemand bemerkt.

Miray drehte sich zu ihrer Mutter, und ich verstand nur, dass ihre Mutter erschrak, und sie hob ihre Hand vor ihren Mund. Leider blickte sie zu unruhig in alle Richtungen, und einer von Konstantins Männern bekam dies mit.

Rother erreichte uns und betrachtete noch die Reaktionen im Raum.

„Ich glaube, wir werden entdeckt", kündigte er an.

„Ich hoffte, dies sei Teil deines Plans", flüsterte ich.

Der Sicherheitsmann sprach Basilistion an und flüsterte irgendetwas an seinem Ohr, während sich vier große Männer um uns positionierten. Basilistions hageres Gesicht war gelblich, und als er verstand, was sein Scherge sprach, wurde er gelber. Er stand auf und schrie einiges, was ich nicht verstehen könnte.

„Das muss du nicht übersetzen", sagte Rother.

„Ich müsste meinen Mund zehn Tage hintereinander mit dem Wasser des heiligen Brunnens waschen, wenn ich das übersetzen würde." Herlinde ging rückwärts, und die Schergen nahmen sie nicht wahr.

Rother und ich wurden gepackt und unsere Kopfbedeckungen brutal abgezogen. Tumult im Raum, zwei Frauen schrien, als hätte man sie in kochendes Öl eingetaucht.

„Wie dreist seid ihr unwürdigen Verräter?", plärrte Konstantin.

„Bring sie her. Ich will sie hängen sehen", befahl Basilistion.

„Was wolltet ihr erreichen? Miray wieder gegen ihren Willen aus ihrem Land entführen und Geld für sie verlangen? Ihr seid nur miese kleine Gauner. Bari wird bald einen neuen Boss benötigen, weil du dieses Land nicht lebend verlassen wirst", drohte Konstantin.

Die Gäste waren beunruhigt, aber sie wussten, die Feier jetzt zu verlassen, konnte sehr gefährlich werden.

„Ich habe vor dir keine Angst, aber wenn ich hier hingerichtet werden soll, verlange ich wie ein Boss im Wald zu sterben." Dieses Gesetz gibt es nicht, aber Konstantin wollte nicht zugeben, dass er etwas nicht wusste, und so tat er, als würde er seinen letzten Willen respektieren.

„Ich bin ein großzügiger Mann, und so dürfen du und dein graubärtiger Freund vom Rache-Baum in meinem Garten hängen." Ich war auf einiges vorbereitet, aber nicht das. Jedoch neben meinem Patensohn sterben zu dürfen, war für mich eine Ehre. Ich wollte nur einen Kuss von meiner geliebten Herlinde zum Abschied bekommen, aber ich war um ihre Sicherheit besorgt, daher entschied ich mich, dem Schicksal ins Auge zu blicken und ging ohne Widerstand hinter Rother zum kleinen Wald neben dem Garten her.

Unerwartet fiel Miray ohnmächtig auf den Boden.

„Hilfe, Miray ist ohnmächtig", schrie Herlinde und rannte Miray zur Hilfe.

Wir liefen dem Tod entgegen, und Mirays Versuch, unser Schicksal mit einer List zu ändern, schlug fehl.

„Bring diese Männer zum Rache-Baum in meinem Park, und sie werden in ihrem Land als zwei Gauner gelten, die den großen Konstantin herausgefordert haben und so erinnert werden." Er lachte, begleitet von Basilistion, der zum ersten Mal die ihm zum Greifen nahe Macht spürte.

Mit gefesselten Händen konnten wir auch kein Notsignal an Niels oder Arnold senden.

„Soll so unser Ende werden?", fragte ich Rother.

Gerechter Sieg

Eine SMS brachte mein Handy zum Vibrieren, aber ich konnte diese Meldung nicht mehr lesen.

„Boss, eine Menge bewegt sich an unseren Eingang", rief einer der Türsteher Konstantin zu.

Mein Herz raste in einem lebensgefährlichen Rhythmus, und ich schwitzte vor Angst, dass man uns einfach mit zwei Kugeln sofort erledigen würde. Einer der Männer zog seine Waffe und entsicherte sie. Die Sicherheitsleute bewegten sich fast alle bis auf zwei zur Tür.

Rother bewegte sich wie eine Schlange, und es gelang ihm, seine Hände zu befreien.

Er presste ein vereinbartes Zeichen in seinem Handy, darauf ertönte ein Horn.

„Keine Zeit für Spielereien, befreie mich", bat ich ihn.

Mit einem Faustschlag schickte Rother einen der Männer zu Boden. Herlinde hinter mir schnitt meine Fesseln durch.

„Arnold ist mit Mirays Familie angekommen", kündigte sie an.

Das Hornzeichen rief Asprian und Witold, die mit anderen unserer Kollegen am Hafen waren, zur Hilfe. Neben ihnen waren meine Zwillinge zu sehen. Sie kämpften sich ihren Weg durch, und ich vergaß mein Leben, das für eine Sekunde am seidenen Faden des Schicksals hing, wo der Stolz über Mut und Geschick meiner Söhne alles andere vergessen ließ.

Kurz überlegte ich, dass ich den zweiten Bodyguard ausschalten sollte, aber als ich diesen anschaute, stand er mit erhobenen Armen hinter mir. Herlinde zeigte mit einer Waffe auf sein Gesicht, und wie sie diese hielt, war man sich sicher, dass sie das Gerät meisterte.

„Wehe, du atmest, dann jage ich dich in die ewigen Jagdgründe", raunte sie.

Die Familie seiner Frau war zahlreich und sogar, wenn Konstantin sie besiegen würde, konnte er gegen ihren Einfluss im Lande kaum ankämpfen. Konstantin sah meine Söhne und die Männer aus Tarent kommen, und deren Entschlossenheit ließ ihn überlegen, wie er seine bevorstehende Niederlage überleben könne.

Miray stand auf und griff selbst zu einer kleinen Waffe, die sie mitbrachte, und richtete sie auf ihren Vater.

„Ich beende jetzt meinen Freiheitsentzug und die Bevormundung", schrie sie und schoss in die Luft. Stille übernahm die nächsten Momente. Witold hielt weiter einen von Konstantins Männer unter seinen muskulösen Armen, bis dieser nachgab und zu Boden fiel. Fritjof und Wigard schauten zu Rother, der beiden Zeichen gab, Miray zu beschützen.

„Ich heiratete Rother in Italien, und nach internationalem Recht bin ich seine Ehefrau, aber darüber hinaus bin ich jetzt das Oberhaupt unserer Familie in Istanbul. Mit Hilfe des Wunderheilers habe ich auch die entsprechenden Papiere organisiert." Der Wunderheiler, dessen wahren Namen niemand kannte, händigte ein Dokument mit der erblichen Verfügung an Konstantin aus. Basilistion warf sich auf ihn. Er schlug ihn mehrmals heftig, und trotz seiner geringen Muskelkraft sah der Wunderheiler aus, als würde er selbst ein Wunder benötigen.

„Mieser Verräter", schrie Basilistion mehrfach und endete seinen Wutausbruch, als er von zwei Mitgliedern von Mirays Familie zum Rache-Baum gebracht wurde, wo Rother und ich gehängt werden sollten.

Basilistion hatte keine Chance und wurde dort gehängt, wo er seinen Sieg feiern wollte. Die Brutalität dieses Moments wird mich bis in meine letzten Tage begleiten.

„Ich bin keine rachsüchtige Person, aber nach zwanzig Jahre Knast ist das meine Antwort an die, die mich wie ein Vieh hier handeln wollten." Sie blickte zu Konstantin, der in seinem Stuhl vor Wut glühend kauerte, mit einem Gesicht roter als eine Peperoni.

Imelot blickte unsicher in alle Richtungen, und als er seinen Sohn gehängt sah, floh er schreiend vor Angst. Von ihm haben wir lange nichts mehr gehört, bis zu dem Tag, als er ein Friedensangebot schickte, aber das ist eine andere Geschichte.

„Du hast gewonnen, Rother. Ich verneige mich vor dir. Du hast meine Tochter gegen mich gehetzt und meine Macht zerstört. Willst du auch mein Leben nehmen? Dann sei es so, wenn sogar die Familie meiner Frau sich gegen mich stellt. Nach meinem Empfinden habe ich das Beste für unsere Familien getan." Besiegt sprach Konstantin mit verletztem Stolz, und eine einsame Träne rollte seine Wange hinab.

Anders als erwartet, bewegte sich Rother auf Konstantin zu und küsste ihm den Sühnekuss auf die Wange.

„Es wurde genug gekämpft, es gab zu viel Intrigen und Zerstörung. Meine Union mit Miray soll alle Familien in eine bessere und friedvollere Zukunft führen, und diese beginnt hier mit unserer Versöhnung." Danach bewegte er sich zu Miray und küsste sie liebevoll. Dies hatte ich wirklich nicht erwartet, weil ich ihre Beziehung nicht so schnell wachsen sah, aber trotzdem sehr angetan war.

„Wusstest du, dass sie geheiratet haben?", fragte ich Herlinde.

„Sch, darüber redet man nicht", flüsterte Herlinde mir zu.

Wir nutzten die Gelegenheit, um meine Verlobung mit Herlinde bekanntzugeben. In meinem Alter kann man sich nicht mehr den Luxus von ewigen Eiertänzen leisten, und Herlinde war entschlossener als ich.

Konstantin führte in Abstimmung und ständiger Überwachung seiner Tochter die Geschäfte in Istanbul weiter. Meine Zwillinge besuchen mich und Herlinde regelmäßig mit Asprian und Witold. Ich habe mittlerweile ihre Situation akzeptiert, und wie ich hörte, wollen sie Kinder adoptieren.

„Ob Witold ein gutes Beispiel für ein Kind ist?", fragte ich mal Herlinde, die den Diskussionen einen Schlusspunkt setzte.

Rother und Miray haben die Liebe zueinander entdeckt und leben seit Langem glücklich miteinander. Sie werden bestimmt noch viele Jahre so weiter leben.

Weitere Veröffentlichungen des Autors

Deutsche Romane

Altreia, Drama, 1998

Geheimnis der verdorrten Rosen, Mystery, 2009 Reimo Verlag*

Virtuelle Liebe, Kurzroman, Thriller, 2016 *

Paloma, Kurzroman, Thriller, 2016 *

Die Muse, Kurzroman, Erzählung, 2016 *

Post-mortem Kino, Roman, Drama, 2016 *

Die Heilerin – das Licht, Roman, Thriller, 2017 *

Geheimnis der verdorrten Rosen, Mystery, 2017 (neue Version)*

Der Zauberspiegel des Eros, Roman, Thriller, 2017 *

Das Tal, Roman, Thriller, 2017 *

Jahreszeiten der Sünde, Roman, Thriller, 2018 *

Sein letztes Opfer, Roman, 2020 *

Wieland, der Schmied, Volksheldensage, 2020 *

Hildegundes Sage, Volksheldensage, 2020 *

Die Heilerin – das Dunkel, Roman, Thriller, 2021 *

Englische Romane

Virtual Affairs, 2018 *

Paloma, 2019 *

Earl Rasnov's Bloody Soiree, 2019 *

Deutsche Hörspiele und Comics

Madame Marouschkas letzter Auftritt, 2021

Roberta, 2020

Die Muse, 2019

Paloma, 2018

Virtuelle Liebe, 2017

Kunstkataloge

Geliebter Vater, 1995 *

The new Artist, 1996 und 1997

Liebe in Stücken, 2009 *

Kunstkatalog, 2010

Liebe in Stücken, Edition II, 2016 *

Kunstkatalog, 2017 *

Kunstkatalog, 2018 *

Kunstkatalog, 2019 *

Kunstkatalog, 2020, *the man inside**

(*) Gelistet in der Deutschen Nationalbibliothek